INGEBORG HÖVERKAMP, geboren 1946 in Vilseck/Oberpfalz, lebt seit ihrem 13. Lebensjahr im Raum Nürnberg. Sie studierte Anglistik und Geschichte in Erlangen und war bis 1990 im Schuldienst tätig. Sie ist freie Autorin und Leiterin einer Schreibwerkstatt. 1991 wurde sie vom Freien Deutschen Autorenverband für ihre Lyrik ausgezeichnet; 1997 folgte der Elisabeth-Engelhardt-Literaturpreis. Veröffentlichungen u. a.: »Elisabeth Engelhardt – eine fränkische Schriftstellerin« (1994), »Zähl nicht, was bitter war ...« (Roman, 2001) sowie die Anthologie »Nie wieder Krieg. Die Schicksalsjahre 1933 bis 1949« (2007).

Ingeborg Höverkamp
Tödlicher Tee
Ein Nürnberg-Krimi

Weitere Informationen über den Verlag und sein Programm unter:
www.allitera.de

Bibliografische Information der Deutschen Nationalbibliothek:
Die Deutsche Nationalbibliothek verzeichnet diese Publikation in der
Deutschen Nationalbibliografie; detaillierte bibliografische Daten sind
im Internet über http://dnb.d-nb.de abrufbar.

Mai 2010
Allitera Verlag
Ein Verlag der Buch&media GmbH, München
© 2009 Buch&media GmbH, München
Umschlaggestaltung: Kay Fretwurst, Freienbrink
Fotos: Sebastian Dorn, Rückseite: Claudia Jallonardo
Herstellung: Books on Demand, Norderstedt
Printed in Germany
ISBN 978-3-86906-115-3

Inhalt

Tödliche Teestunde	7
Klinikum Nürnberg, Notaufnahme	12
Kommissar Fuchs setzt sein Pokergesicht auf	14
Das Geheimnis des Amerikaners	19
Naomi und Wang Li	21
Bankgeheimnisse	25
Der Nebel lichtet sich	28
Ein italienischer Abend	36
Im Schatten des Regensburger Doms	40
Eine Trauerfeier und intime Geständnisse	47
Fuchs fühlt Naomi auf den Zahn	51
Verhör des Juweliers	54
Ein Geheimversteck gibt seinen Inhalt preis	58
Fingerabdrücke	62
Alte Briefe – neue Perspektiven	69
Ein mysteriöser Fall	76
Eine Lüge setzt Fuchs Schach matt	78
Fuchs verlässt seinen Fuchsbau	83
Wiedersehen mit einem alten Knastbruder	87
Eine respektable Zwischenbilanz	91
Die Gegenseite schläft nicht	98
Ein leeres Nest	107
Eine makabre Entdeckung	112
Fuchs und Ritter werfen ihre Netze aus	123
Eine brandheiße Spur	129
In der Höhle des Löwen	134
Hinter schwedischen Gardinen	137
Ein Phantom bricht sein Schweigen	144

Tödliche Teestunde

Die Reifen quietschten, als das Taxi um die Ecke bog. Mit einem Ruck kam der Wagen am Randstein zum Stehen. Die Taxiuhr zeigte 19,90 Euro. Professor Seeger kramte in seiner Geldbörse und zog einen 20- und einen 5-Euro-Schein heraus.

»Stimmt so. Bleiben Sie sitzen, ich schaff' das allein mit dem Gepäck.« Der junge Fahrer – *sicherlich ein Student,* dachte sein Fahrgast, – kritzelte rasch eine Quittung. »Besten Dank und eine gute Nacht.«

Seeger öffnete die Autotür. Vage nahm er noch die Stimme des Nachrichtensprechers im Autoradio wahr: »Barack Obama, der neu gewählte Präsident der Vereinigten Staaten, macht offenbar Ernst mit seiner Ankündigung, das Gefangenenlager Guantanamo aufzulösen. Gestern trafen sich …«

Seeger klemmte seine Aktentasche unter den Arm, stieg aus, etwas steif geworden vom langen Sitzen auf der Reise und hievte seinen schwarzen Trolley aus dem Kofferraum. Die Nachtluft war eisig. Er atmete tief durch. Irgendwo kläffte ein Hund.

Ein paar Schritte zum schmiedeeisernen Tor, dann den gepflasterten Gartenweg entlang. Seeger dachte an die Amtseinführung des ersten farbigen Präsidenten der USA, die vor acht Tagen im Fernsehen übertragen worden war. Bis zuletzt war es spannend gewesen, ob Obama es schaffen würde, Präsident zu werden. Seeger nahm sich vor, am Wochenende eine Biografie zu lesen, die er sich in Berlin gekauft hatte, um dem Geheimnis der charismatischen Persönlichkeit dieses Politikers auf die Spur zu kommen.

Vera wird vielleicht ausgegangen sein, es ist alles dunkel im Haus.

Er steckte den Schlüssel ins Schloss – nicht abgesperrt, wie leichtsinnig – und blickte auf die Leuchtziffern seiner Armbanduhr: Kurz nach 20 Uhr. Er knipste das Licht im weiträumigen, ganz in Blau gehaltenen Entree an, in dem eine fast lebensgroße, dunkelbraune afrikanische Skulptur aus Holz stand, eine sehr schlanke Wasserträgerin mit nacktem Oberkörper und festen, jugendlichen Brüsten. Neben der Figur zwei Sessel mit einem runden Tischchen für Besucher, die dort zu warten hatten, bis sie das Hausmädchen in den Salon bat.

Seeger wunderte sich, dass die Tür zum Salon offen stand. *Im Winter sollte man die Türen geschlossen halten.* Rasch stellte er sein Gepäck ab, hängte seinen Mantel an einen Haken der Garderobe, der Form und Farben eines kleinen Tigerkopfes hatte. Ein kurzer Blick in den großen Kristallspiegel mit einem Rahmen aus bunten Muranoglassplittern. Sein rotblondes Haar wurde an den Schläfen schon etwas grau und sein Jackett spannte ein wenig über dem Bauchansatz. *Muss mehr trainieren …*

In diesem Augenblick stelzte Bijoux, die hellgraue Kartäuserkatze, in königlicher Haltung aus dem Salon, strich um seine Beine und steuerte dann auf die Salontür zu, drehte sich nach ihm um, wie, um ihn aufzufordern, ihr zu folgen. Ihre bernsteingelben Augen trafen sich einen Augenblick lang mit seinen. »Ja, Bijoux, ich komme, wir schauen noch ein wenig Fernsehen, was hältst du davon?«

Als Seeger im Salon die große Kristalldeckenleuchte angeknipst hatte, wich er zurück, als habe ihn eine unsichtbare Faust getroffen.

Da lag sie. In einer großen Blutlache. Auf dem Zebrafell. Mit dem Gesicht nach unten. Die schwarzen Haare blutverschmiert.

Er fühlte ihren Puls. Blickte auf ihre langen schlanken Finger, die silberfarbenen Fingernägel, genau im Farbton ihres Hosenanzugs. Kein Herzschlag. Er hob ihren Kopf ein wenig an. Die weit aufgerissenen Augen starrten ins Leere. Wie in einem bösen Traum taumelte Martin Seeger zum Telefon und wählte die 110.

In jener kalten Januarnacht wollte Anna Sartorius nach den 20-Uhr-Nachrichten ihren Schäferhund Rex noch einmal ausführen. Man kannte die fast achtzigjährige Witwe im Villenviertel, wohnte sie doch seit mehr als einem halben Jahrhundert im Stadtteil Erlenstegen. Eingemummt in Nerzmantel, Nerzhut und Seehundfellstiefel, erkannte man sie sofort als Mitglied der besseren Gesellschaft. Ein- oder zweimal war sie von jungen Umweltschützern wegen ihrer Pelze zur Rede gestellt worden.

»Junger Mann, als ich jung war, gab es noch keinen Umweltschutz. Mein Beitrag ist, diesen schönen, warmen Mantel bis zu meinem Tod zu tragen.«

Sie öffnete die Gartentür. Rex fing sofort an zu bellen und zog sein schmächtiges Frauchen energisch weiter.

»Rex, was hast du nur, lauf' nicht so schnell, da machen meine alten Beine nicht mehr mit.« Der Schäferhund steuerte zielstrebig auf ein parkendes Auto zu.

Dieses Fahrzeug hab' ich hier noch nie gesehen, ein Volkswagen, direkt vor meinem Grundstück, wohl seit Monaten nicht mehr gewaschen.

Die Straßenlaterne warf ihr fahles Licht auf den Wagen, an dessen Autotür Rex sich aufrichtete und an der Scheibe zu kratzen begann. Die alte Dame blickte ins Wageninnere. Ein Mann lag über dem Steuerrad. »Hallo, Sie da! Kann ich Ihnen helfen«, rief sie mit brüchiger Greisinnenstimme. »Hallo, Hallo!« Und klopfte dabei mit ihrem knochigen Zeigefinger an die Scheibe. Keine Antwort. Rex tänzelte um das Auto und bellte ununterbrochen.

»Sei still, Rex, du weckst ja das ganze Viertel auf! Bei Fuß!« Sie zerrte den widerstrebenden Hund hinter sich her, was ihre ganze Kraft kostete, schlurfte, so schnell sie ihre Beine trugen, ins Haus zurück und hob den Telefonhörer ab. Atemlos wählte sie die Nummer 112.

»Hier Sartorius. Da ist ein Mann in seinem Auto zusammengebrochen.«

Kurze Zeit später traf der Notarztwagen vor der Seeger-Villa ein. Dr. Beiser schaute auf seine Armbanduhr, denn er musste die Uhrzeit später in seinem Protokoll vermerken. Der Notarzt sprang aus dem Wagen und lief im Eilschritt auf das Haus zu. Zwei Sanitäter folgten ihm. Professor Seeger wartete bereits an der Haustür. Nach einem kurzen Gruß drängte sich die Rettungsmannschaft an ihm vorbei und eilte ins Haus. Der Hausherr fröstelte, ob vor Kälte oder im Schock, wer konnte das genau sagen. Bijoux huschte an ihm vorbei ins Freie, offenbar flüchtete sie vor den fremden Menschen.

Im selben Augenblick hielt ein Streifenwagen vor dem Grundstück. Nachdem die Beamten ein kurzes Protokoll aufgenommen hatten, verständigten sie die Mordkommission. Etwa 20 Minuten später trafen die Kollegen in Zivil ein. Ein Team von Spurenermittlern in weißen Anzügen, weißen Hauben, weißen Handschuhen und weißen Überschuhen klingelte ein paar Minuten später.

Seeger nahm in einem cremefarbenen Sessel Platz, über den ein Tigerfell gebreitet war. Schweigend beobachtete er die fast lautlosen Aktivitäten der fremden Personen. Er fühlte sich als Zuschauer in einem absurden Theaterstück, das er nicht mit der Realität verbinden konnte.

Ein Beamter des Erkennungsdienstes schoss Nahaufnahmen von Vera, dann ging er ein paar Schritte rückwärts, suchte immer neue Perspektiven und vollzog dabei die unglaublichsten Verrenkungen, während der Arzt die Tote untersuchte, zunächst in der Position, in der er sie vorgefunden hatte. Dann drehte Dr. Beiser die Tote behutsam auf den Rücken. Seeger fühlte einen Stich in der Herzgegend und fing an zu zittern. *Diese starren Augen, die Lippen, im Farbton ihrer Korallenkette geschminkt, wie in ungläubigem Staunen halb offen und das Blut, überall Blut.*

Ihr Kopf hob sich ein wenig und Seeger schrie auf, denn er glaubte eine Sekunde lang, sie lebe noch, doch der Arzt hatte ihr nur den Pullover ausgezogen und dabei den Kopf der Toten bewegt. Die Beamten von der Spurensicherung fahndeten nach Fingerabdrücken, Haaren, Hautschuppen und anderen DNS-Spuren. Dabei unterhielten sie sich leise, ein eingespieltes Team, das seine Routine abspulte, professionell, sachlich. Der Notarzt hatte den Tod von Vera Seeger eindeutig festgestellt und verständigte telefonisch den Gerichtsmediziner.

Die beiden Beamten wandten sich nun an Seeger. Der ältere, ein untersetzter Typ mit Stirnglatze und einem mächtigen Schnurrbart, der seine gesamte Oberlippe bedeckte, stellte sich selbst als Hauptkommissar Fuchs vor, den jüngeren als Kommissar Ritter. Ritter lächelte verlegen und wusste nicht, wohin mit seinen Händen.

Fuchs ließ sich auf die Couch fallen, Ritter blieb stehen. Professor Seeger heftete seine Augen lange auf den jungen Mann, der wie die Karikatur eines Detektivs auf ihn wirkte. Baumlang und dürr, Bürstenfrisur, runde Nickelbrille, blau-weiß karierte Fliege, schwarzes Oberhemd, beiger Blouson, zerknautschte Jeans und nagelneue Turnschuhe.

»Herr Professor Seeger, ich muss Ihnen einige Fragen stellen«, lenkte Fuchs von seinem Kollegen ab. Er wusste, wie skurril Torsten Ritter bei jedem ersten Kontakt wirkte.

»Wann haben Sie die Leiche entdeckt?«

Die Sanitäter entfernten sich mit der leeren Trage, während Dr. Beiser über sein Handy einen Leichenwagen anforderte und anschließend seinen Bericht in ein Diktiergerät sprach.

»Ich bin von einer Geschäftsreise aus Berlin zurückgekommen und war kurz nach 20 Uhr im Haus«, antwortete Seeger. »Meine Frau lag hier im Salon, ich fühlte ihren Puls und blickte in ihre Augen, die ganz starr waren. Dann habe ich die Polizei verständigt.«

»Einen Augenblick bitte, der Doktor will gerade gehen, ich muss ihn noch sprechen.«

Fuchs eilte zu Dr. Beiser, die Geschwindigkeit hätte man ihm bei seiner Leibesfülle kaum zugetraut.

»Was können Sie jetzt schon sagen, Doktor?«

»Die Tote hat einen Einschuss in Höhe des dritten Halswirbels, einen weiteren am Haaransatz im Nacken und einen Streifschuss am rechten Ohr. Der Tod dürfte gegen 18 Uhr eingetreten sein.«

Die Spurenermittler riefen Fuchs zu: »Wir haben die Munitionshülsen.

Es gibt auch noch einen Einschuss an der Stehlampe und einen am Türrahmen.« Fuchs besah sich die Hülsen genau, schwieg aber. Die Kugel, die den Lampenschirm getroffen hatte, hatte genau die Rüsselspitze des aufgemalten Elefanten durchlöchert.

Die Männer in Weiß wandten sich dem Couchtisch aus nachtblauem Glas zu, auf dem zwei zierliche Teetassen und zwei Teekännchen mit chinesischen Motiven standen, und gossen die Teereste in mitgebrachte Fläschchen, die sie mit Etiketten versahen. Wie durch eine Wattewand hörte Seeger: »Pfefferminztee und schwarzer Tee.« Dann sammelten die Beamten Kuchenreste ein. Assistent Ritter durchmaß den Raum mit riesigen Schritten und flüsterte Fuchs etwas ins Ohr. In diesem Moment traf der Gerichtsmediziner ein, ein ernster, kleiner, schmächtiger Mann mit dicken Brillengläsern.

Seeger war weiß wie eine frisch gekalkte Wand und auf seinen Wangen flackerten kleine rote Flecken, er wiegte sich rhythmisch hin und her und stammelte Unverständliches. Fuchs winkte Dr. Beiser heran, der den Professor in Augenschein nahm.

»Ich muss dem Mann eine Spritze geben. Heute ist er nicht mehr vernehmungsfähig.«

»Hm«, brummte Fuchs.

»Ich schicke ihn ins Bett und bleibe, bis er schläft. Es sei denn, er hat Freunde oder Verwandte in der Nähe«, murmelte der Arzt.

Seeger schüttelte den Kopf.

»Wir kommen morgen um 11 Uhr wieder«, sagte Fuchs zu Seeger und verabschiedete sich.

Die Spurenermittler und die beiden Ärzte arbeiteten weiter. Dr. Beiser kümmerte sich um den Ehemann der Toten, während der Gerichtsmediziner Dr. Hausig die Tote erneut untersuchte und dann seinen eigenen Bericht diktierte.

Gegen 23 Uhr fuhr der Leichenwagen vor. Bijoux, zu einer Statue erstarrt, hatte sich im nächtlichen Schatten der Thujahecke versteckt. Ihre gelben Augen leuchteten wie zwei Lichtpunkte eines körperlosen Wesens.

Klinikum Nürnberg, Notaufnahme

In der Notaufnahme des Klinikums herrschte in jener Januarnacht Hochbetrieb. Auf dem Gang trafen Notarzt und Sanitäter mit dem bewusstlosen Mann aus dem geparkten Auto auf einen Krankenpfleger, der einen Patienten Richtung Intensivstation schob.

»Herzinfarkt«, rief der Krankenpfleger den Ankommenden zu, »und was habt ihr?«

»Schwer zu sagen, wir müssen die Untersuchungen abwarten«, meinte der Notarzt, während sich die Flügeltür des Behandlungs- und Untersuchungsraums automatisch öffnete. Der Notarzt berichtete und zwei Schwestern hoben den Bewusstlosen auf eine Untersuchungsliege. Schwester Ruth, erst seit einem Jahr mit der Ausbildung fertig, hatte sich noch nicht den menschlichen Blick auf einen neuen Patienten abgewöhnt. Immer wieder sagten die Kolleginnen zu ihr: »Es wird nicht mehr lang dauern, bis du nur noch den *Fall* siehst.«

Da lag ein attraktiver Mann, um die sechzig, schätzte sie. Die schwarzen Locken von silbergrauen Fäden durchzogen, volle Lippen, eine römisch-aristokratische Nase, die Augen wie im Schlaf geschlossen, die bronzefarbene Haut wohl etwas blasser als sonst und eine stark behaarte Brust. Das völlige Ausgeliefertsein des Kranken berührte sie. Der Aufnahmearzt nahm den Patienten in rein medizinischen Augenschein und stellte als erstes fest, dass er stark erweiterte Pupillen hatte. Es folgten Puls- und Blutdruckmessung, EKG, Blutabnahme, Infusionen.

»Schwester Birgit, schauen Sie doch mal in den Sachen des Mannes nach, vielleicht findet sich ein Hinweis auf seine Identität«, bat der Arzt, der reichlich übermüdet wirkte, was sich vor allem in seiner langsamen Sprechweise niederschlug.

Birgit suchte im Jackett des Patienten und zog einen Pass und ein gefaltetes Blatt Papier aus der Innentasche. »Das ist ein Amerikaner«, rief die Schwester, »Benny Miller, geboren am 15. Juni 1945 in Chicago, ledig, lebt in Los Angeles und ist von Beruf Übersetzer. Und hier ist ein Programm von einem Kongress vom 24. bis 28. Januar im Nürnberger Grand Hotel.«

»Hm, geben Sie die Dokumente bitte zur Anmeldung, Schwester Birgit«, ordnete Dr. Beiser an, »und Schwester Annette, fahren Sie den Patienten auf die Intensivstation. Hier ist die Krankenakte. Schwester Ruth, Sie bleiben bei mir.«

Der Arzt strich sich eine blonde Haarsträhne aus dem Gesicht, das kalte grelle Neonlicht ließ ihn noch bleicher erscheinen, als er in Wirklichkeit war, seine Augen waren gerötet. Seit 12 Uhr mittags hatte er Dienst. Erst gegen Mitternacht sollte ihn Dr. Wedel ablösen. Die große weiße Uhr, die an Bahnhofsuhren erinnerte, zeigte zwölf Minuten nach 22 Uhr an. Als der Arzt ein Glas Mineralwasser in einem Zug leerte, schob ein Sanitäter eine Patientin im Rollstuhl herein.

»Ob der Mann durchkommt«, schoss es ihm durch den Kopf, als er die neue Patientin, eine steinalte Frau, die sich vor Schmerzen krümmte, begrüßte.

Kommissar Fuchs
setzt sein Pokergesicht auf

Punkt 11 Uhr stiegen die Ermittler Fuchs und Ritter vor der Seeger-Villa aus dem Wagen. Im Garten arbeiteten die Spurenermittler und ein Schäferhund schnüffelte diensteifrig den Weg entlang. Seeger kam ihnen am Hauseingang entgegen. Im dunkelgrauen Anzug mit schwarzer Krawatte wirkte er ausgeruht und gefasst.

Ritter machte das Aufnahmegerät bereit. »Herr Professor Seeger«, begann Fuchs das Verhör mit einem Pokergesicht, das er bei solchen Gelegenheiten immer aufsetzte, »Sie kamen also am 28. Januar gegen 20 Uhr von einer Dienstreise aus Berlin zurück. Wie lange waren Sie in Berlin und was hatten Sie dort zu tun?«

»Am 24. Januar bin ich nach Berlin geflogen. Ich führte letzte Informationsgespräche an der Humboldt-Universität. Man hatte angefragt, ob ich die Leitung eines Forschungsteams übernehmen wollte. Es ist ein interdisziplinäres Projekt, das mich sehr reizen würde. Germanisten, Sozialwissenschaftler, Historiker und Psychologen wollen die Prosa der Schriftstellerin Ingeborg Bachmann nach verschiedenen Gesichtspunkten analysieren«, antwortete Seeger mit einem leisen Anflug von Eitelkeit. »Aber ich langweile Sie sicherlich mit diesen Einzelheiten.«

»Ganz und gar nicht, Herr Professor. Nun müssen wir routinemäßig Ihr Alibi überprüfen. Bitte übergeben Sie uns Ihre Hotelrechnung, Fahrkarten, Flugscheine und eventuelle Taxiquittungen.«

Der Hausherr hatte die gewünschten Papiere rasch gefunden und überreichte sie dem Kommissar, der sie an Ritter weiter reichte.

»Torsten, schau's dir mal an und leg's dann in unsere Akte *Vera Seeger*.«

Mit spitzen Fingern fasste der junge Mann die Unterlagen an, breitete sie dann umständlich auf dem Tisch aus und vertiefte sich darin, wobei er anfing, an seinen Fingernägeln zu kauen.

»Ich werde Herrn Ritter nach Berlin schicken, um dort vor Ort zu recherchieren. Bitte geben Sie uns die Namen und Telefonnummern Ihrer Berliner Gesprächspartner, Herr Professor.«

Als Seeger die gewünschten Visitenkarten an Fuchs überreichte, blieb sein Blick an der rechten Hand des Kommissars hängen. Narben, tiefe, lange Narben.

»Sind von einem Hund, den einer auf mich gehetzt hat, als ich ihn festnehmen wollte«, brummte Fuchs, als er den Blick bemerkte. »Würde mir heute nicht mehr passieren. Sind Sie allein gereist?«

Torsten Ritter pfiff leise durch die Zähne.

»Was gibt's denn, Torsten?«

Der wurde über und über rot und stotterte: »Na, die horrenden Hotelpreise.«

Seeger lächelte.

»Nein, meine Assistentin Uschi Weber hat mich begleitet.«

»Kann ich Telefonnummer und Adresse Ihrer Assistentin haben?«

»Gewiss doch, Herr Kommissar. Aber, damit ich es nicht vergesse, ich habe im Terminkalender meiner Frau heute morgen zwei merkwürdige Schrägkreuze gefunden, eines an ihrem Todestag um 17 Uhr und das andere drei Tage vorher um 15 Uhr.«

»Bringen Sie mir doch bitte den Terminkalender! Hatte Ihre verstorbene Frau einen Computer?«

Bereits im Hinausgehen hörte Seeger ihn noch sagen: »Wir würden ihn gerne mitnehmen.«

Und schon forderte er per Handy zwei Kollegen an, die auf solcherlei Aufgaben spezialisiert waren. Während die beiden Beamten auf Seeger warteten, überlegte Fuchs laut:

»Vera Seeger war vermutlich verabredet. An ihrem Todestag zu Hause. Wo aber war sie drei Tage vorher?«

Professor Seeger übergab den Terminplaner an Fuchs. Für den heutigen Tag las er den Eintrag: 19.30 Uhr: Sitzung im *Iglu.*

»Was, bitte, ist *Iglu?*«

»Meine Frau hat sich im sozialen Bereich stark engagiert. Sie war im Vorstand des Vereins *Iglu,* der sich um obdachlose Mädchen kümmert, und im Verein *Netz,* der sich Flüchtlingsfrauen annimmt, war sie stellvertretende Vorsitzende. In Veras Terminkalender finden Sie übrigens alle wichtigen Adressen und Telefonnummern, ich nehme an, dass Sie den Kalender mitnehmen möchten.«

»Danke für Ihre Kooperationsbereitschaft, Herr Professor«, murmelte Fuchs gedehnt. »Bitte um Verzeihung, aber wir müssen Ihnen diese Frage stellen: Wie würden Sie die Beziehung zu Ihrer Frau beschreiben?«

Hauptkommissar Fuchs fühlte sich unbehaglich mit all diesen sprachlichen Bücklingen gegenüber dem *Herrn Professor.* Gleich heute morgen hatte der oberste Chef bei Fuchs angerufen und ihm äußerste Diskretion und Samthandschuhe anempfohlen, Seeger sei schließlich eine prominente Persönlichkeit.

Es entstand eine lange Pause, bis der Witwer antwortete: »Wissen Sie, Herr Kommissar, wir hatten viele Gemeinsamkeiten, die Liebe zu Afrika und zur Literatur. Und wir haben einander geschätzt und geachtet ...«

Fuchs sah, dass kleine Schweißperlen auf Seegers Stirn traten. Und er legte nach: »Haben Sie Ihre Frau geliebt?«

»Ja, natürlich«, gab Seeger zurück. Seine Augen schweiften unruhig im Raum hin und her.

»Apropos Afrika«, schaltete sich Kollege Ritter ein, und Fuchs war nicht wenig erstaunt über dessen Kühnheit, denn bisher glänzte Torsten stets durch Schüchternheit, »ich bin fasziniert von Ihren afrikanischen Figuren. Haben Sie die Skulpturen in Afrika erworben?«

»Ja.« Der Hausherr nahm eine kleine Figur vom Couchtisch, die aus schwarzem glänzendem Holz geschnitzt war, eine Mutter, die ihr Kleinkind auf dem Rücken trug und auf ihrem Kopf eine Holzlast balancierte. »Sehen Sie, diese Figur hat Vera im letzten Jahr in Nairobi entdeckt. Meine Frau kaufte die Skulpturen nur direkt bei den Künstlern. Unsere Leidenschaft für Afrika hat übrigens sehr verschiedene Wurzeln, aber da muss ich ein wenig ausholen, wenn es Sie überhaupt interessiert«, fuhr der Professor fort.

Beide Beamte nickten.

Der wird ja richtig gesprächig, ging es Fuchs durch den Kopf.

»Als Pfarrerssohn sollte ich natürlich in die Fußstapfen meines Vaters treten, deshalb habe ich Germanistik und Theologie studiert, ersteres aus privater Neigung. An der Universität habe ich auch Vera kennengelernt. Nach dem Studium hatte ich vor, nach Afrika in die Mission zu gehen, aber meine Frau zog es vor, in Deutschland zu bleiben, denn sie hatte bereits eine Anstellung an der Stadtbibliothek in Nürnberg. Dann fand sie für uns beide einen Kompromiss: Wir würden jedes Jahr in Afrika Urlaub machen, aber weiterhin unseren Lebensmittelpunkt in Deutschland haben. Und sie überzeugte mich auch, dass es für meine Karriere besser sei, meinen Weg im Fach Germanistik zu beschreiten. Die Früchte dieser Entscheidungen sehen Sie hier im ganzen Haus.«

»Sind Sie in Erlangen tätig?«, lenkte Fuchs das Gespräch in eine andere Richtung.

»Seit etwa sechs Jahren habe ich eine Professur für Neuere Deutsche Literatur in Regensburg, vorher war ich in Würzburg, habilitiert wurde ich in Erlangen.«

»Da haben Sie also schon lange eine sogenannte Wochenendehe geführt, Herr Professor? Wie kamen Sie beide damit zurecht?«

Bijoux schlich sich in den Salon, blieb vor der Sitzgruppe stehen und beobachtete die beiden Fremden. Nach einer Weile sprang sie auf Seegers Schoß und schmiegte sich an ihn, der, während er sprach, zärtlich ihr Fell streichelte.

»Bijoux vermisst meine Frau sehr. Ja, zu Ihrer Frage. Es hat eigentlich keine Probleme gegeben. Wir haben die Wochenenden dafür umso intensiver miteinander gestaltet. Seit meine Frau vor vier Jahren in Pension gehen musste – sie hatte einen schweren Herzinfarkt und anschließend eine komplizierte Bypass-Operation – hat sie sich im sozialen Bereich ehrenamtlich engagiert und konnte endlich ausgiebig Ihrer Leseleidenschaft frönen. Wir haben uns arrangiert, würde ich sagen.«

Es klingelte an der Haustür. Ritter wand sich umständlich aus dem Sessel und lief mit seinen Riesenschritten durch den Salon, dabei hätte er fast eine Zimmerpalme umgestoßen. Mit einer linkischen Verbeugung entschuldigte er sich beim Hausherrn.

Die beiden Computerspezialisten stapften herein. Seeger begleitete sie in Veras Arbeitszimmer.

Zögernd kam Seeger wieder in den Salon zurück, blieb aber stehen und Fuchs verstand den Wink mit dem Zaunpfahl.

»Ja, Herr Professor, wir wollen Ihre Zeit nicht über Gebühr in Anspruch nehmen«, – *schon wieder diese Bücklinge* –, dachte Fuchs wütend, »aber Sie würden uns sehr helfen, wenn Sie uns die Personen aus dem Umfeld Ihrer Frau nennen würden, die mit ihr am engsten verbunden waren.«

»Da ist vor allem ihr Bruder Stefan Eigner. Er hat nach dem Tod des Vaters das Juweliergeschäft in München übernommen. Vera hat ihren Bruder sehr geliebt. Es hat vor einem Jahr zwar Unstimmigkeiten wegen des Erbes gegeben, meines Wissens ist der Zwist aber mit einem Kompromiss beigelegt worden, doch da müssen Sie ihn selber fragen, ich habe mich da nicht eingemischt.«

Seeger legte seine Stirn in Unmutsfalten, die sich aber gleich wieder glätteten.

»Dann unser Hausmädchen aus Kenia, wir nennen Sie Naomi, denn sie hat einen für Europäer fast unaussprechlichen Namen.«

Ritter notierte eifrig mit, auch das Band lief weiter. »Würden Sie bitte den Pass-Namen von Naomi buchstabieren?«

»Ist Ihr Hausmädchen vielleicht ein Schützling Ihrer Frau gewesen? Ich denke da an den Verein für Flüchtlingsfrauen, dem Ihre Frau angehörte«, kombinierte Fuchs.

»Ganz richtig. Vor etwa einem Jahr – unser bisheriges Hausmädchen hat Zwillinge bekommen und gekündigt – hat meine Frau Naomi hier auf dem Hauptmarkt aufgelesen. Das Mädchen saß auf den Stufen des Schönen Brunnens, wirkte apathisch und hilflos. Vera lud das Mädchen in ein nahes Café ein und erfuhr von seinem Schicksal. Naomi ist aus Kenia wegen Stammesfehden geflohen, im Zirndorfer Asylantenheim gelandet, von dort wegen Misshandlungen fortgelaufen. Zurzeit hat Naomi eine Woche Urlaub. Ich habe eine große Bitte, Herr Kommissar, Naomi ist immer noch sehr verängstigt, gehen Sie behutsam mit ihr um.«

Fuchs brummte etwas Unverständliches, setzte aber wieder sein Pokergesicht auf.

»Wie ist Ihre Frau mit dem Mädchen zurechtgekommen?«

»In den ersten Wochen war es schwierig, denn Naomi verstand kaum Deutsch und versteckte sich immer wieder im Haus, aber allmählich wurde sie selbstbewusster. Nur einmal, erzählte meine Frau, hat es einen Eklat gegeben. Wegen einer Kleinigkeit rannte Naomi in die Küche und zertrümmerte einige Tassen und Teller. Mit der Zeit gewann sie Zutrauen zu meiner Frau, blieb aber auf Distanz.«

»Hatte Ihre Frau eine Busenfreundin, wie man so schön sagt?«

»Anita Bürger. Eine ehemalige Mitarbeiterin meiner Frau. Die beiden Frauen arbeiteten auch im *Netz* und *Iglu* zusammen. Frau Bürger ist eine reizende Dame, ja, die beiden hatten eine sehr enge Freundschaft.«

»Die Adressen der Vorsitzenden der beiden Vereine finden wir im Terminplaner?«, fragte Fuchs und blickte auf seine Fingernägel.

Seeger nickte.

»Ja, nun zu Ihrem Umfeld, Herr Professor. Die Namen und Telefonnummern Ihrer Berliner Gesprächspartner mailen Sie uns bitte.«

Fuchs überreichte ihm seine Visitenkarte.

»Und bitte die Daten Ihrer Assistentin, wie war doch der Name?«

»Uschi, äh, Dr. Ursula Weber«, Seeger errötete, senkte den Blick und las: *Hauptkommissar Ewald Fuchs – Polizeipräsidium Nürnberg – Diensttelefon: 0911 / 11 11 227.*

Die beiden Beamten verabschiedeten sich und liefen schweigend zu ihrem Dienstwagen. Als Fuchs die Autotür des Opels öffnete, seufzte er: »Einmal mit einem BMW oder Porsche lospreschen, das wär' doch was Torsten, oder? Und nicht mit dieser lahmen Mühle herumschleichen. Na, wenn ich mal im Lotto gewinne …«

Das Geheimnis des Amerikaners

Wie durch einen Schleier nahm der amerikanische Patient seine Umgebung wahr, als er nach zehn Tagen aus dem Koma erwachte. Die weiß gekachelten Wände, weiße, unscharf umrissene Gestalten, die sich im Zeitlupentempo zu bewegen schienen, dünne Schläuche um ihn herum, ein Bildschirm mit unruhigen Zacken, der immer wieder vor seinen Augen verschwamm. Als sich eine weiße Gestalt seinem Bett näherte, sprach er sie auf Englisch an: »Wo bin ich und was ist los?«

Er lauschte der fremden Stimme, die er wie durch eine dicke Watteschicht hörte.

»Sie sind im Krankenhaus in Nürnberg. Man fand Sie vor zehn Tagen bewusstlos in einem Auto.«

Miller versuchte, dem Gehörten einen Sinn abzugewinnen, aber die Worte purzelten einzeln in seinem Kopf herum und fügten sich nicht zusammen. Bald schlief er wieder ein. Am nächsten Morgen kam der behandelnde Arzt an sein Bett, rückte sich einen Stuhl zurecht, nahm Platz und räusperte sich.

»Herr Miller, wie geht es Ihnen?«, fragte er in seinem besten Schulenglisch.

»Ich bin sehr müde«, antwortete der Kranke.

»Ich lege Ihren Pass auf Ihr Nachtkästchen, die Mitarbeiter von der Anmeldung haben ihn gebracht. Ja, wir haben in Ihrem Blut eine extrem hohe Konzentration von LSD gefunden. Sind Sie abhängig?«, begann der Doktor so sachlich wie möglich das schwierige Gespräch.

»Ich bin nicht abhängig«, erwiderte der Patient unwillig.

»Haben Sie irgendwelche Probleme, Herr Miller? Wenn wir Ihnen helfen sollen, so sprechen Sie bitte mit uns.«

Benny Miller setzte sich im Bett auf: »Ich habe keine Probleme, was soll das Theater?«

Ratlos kratzte sich der Arzt hinter seinem rechten Ohr und überdachte seine weitere Gesprächstaktik.

»Man nimmt für gewöhnlich nur dann eine so große Menge LSD ein, wenn man sich das Leben nehmen will, Herr Miller.«

»Sind Sie verrückt, Doc, warum hätte ich mir das Leben nehmen sollen?«, schrie der Patient.

»Bitte regen Sie sich nicht auf«, beschwichtigte der Arzt und blickte besorgt auf die Anzeigen der Kreislaufüberwachung. Miller schloss die Augen und schwieg. Der Arzt blieb sitzen und wartete. Zäh flossen die Minuten dahin, als er den Kranken plötzlich fast unhörbar flüstern hörte.
»That bad old witch! She tried to kill me.«
Das hausinterne Sprechgerät piepste, dann hörte man eine verzerrte Stimme: »Dr. Katen, Dr. Katen, bitte sofort auf Zimmer 509!«

In seiner Mittagspause machte Dr. Katen wie gewöhnlich einen Spaziergang über das Klinikgelände. Es hatte frisch geschneit und er wählte Wege, auf denen noch keine Fußspuren die Schneedecke zerstört hatten. Im unberührten Schnee zu gehen, das war fast so, wie wieder Kind zu sein. *Wie reimte sich das Puzzle um den amerikanischen Patienten zusammen? Energisch weist er einen Selbstmordversuch zurück, das kann auch Selbstschutz sein. Und wen meint er mit der bösen alten Hexe, die ihn töten wollte – wo ist da ein Zusammenhang? Entweder die Hexe ist der Grund, weswegen er nicht mehr leben wollte oder …*
Eine Amsel stocherte mit ihrem gelben Schnabel im Schnee und hüpfte auf den Arzt zu.
… die böse Hexe hat ihm das LSD gegeben. So könnte es gewesen sein. Ich muss die neue Situation mit den Kollegen besprechen, möglicherweise muss man die Kripo einschalten. Der Zustand Millers hat sich ja Gott sei Dank stabilisiert, wir werden ihn morgen auf die normale Krankenstation verlegen. Dort kann ihn auch die Kripo verhören. Und wir werden einen Psychologen zuziehen.
Dr. Katen eilte ins Klinikgebäude, um die nötigen Anweisungen zu geben.

Am nächsten Morgen, gegen 11 Uhr, kamen zwei Beamte in Zivil auf die Krankenstation, stellten sich als Kommissare Bock und Wanner vor und fragten nach der Zimmernummer von Benny Miller. Als sie die Zimmertür öffneten, fanden sie ein leeres Bett vor. Unbemerkt musste sich der amerikanische Patient, in Straßenkleidung und mit seinem Trolley, aus der Klinik entfernt haben. Schwester Birgit kam auf die Idee, im Grand Hotel nachzufragen, denn sie erinnerte sich an den Prospekt des Kongresses im Grand Hotel im Jackett des Patienten. Doch von dort hieß es: »Herr Miller ist bereits am 28. Januar abgereist.«

Naomi und Wang Li

V or dem Mietshaus im Stadtteil Gostenhof, an dem der Putz bröckelte und die Fensterrahmen dringend frische Farbe nötig gehabt hätten, spielten drei türkische Jungen Fußball. Zwei junge Frauen mit bunten Kopftüchern unterhielten sich lebhaft, während einige Kleinkinder im Kreis um ihre Mütter herumtapsten. Zwischen zwei Häusern konnte man von Ferne das Hochhaus am Plärrer sehen. Von der Plattform auf dem Hochhausdach hatte man einen fantastischen Blick über die Stadt. Fuchs dachte wieder einmal:»Wie schade, dass es da oben kein Restaurant gibt, da hat die Stadt eine Chance vertan.«

Vor dem Haus lehnte ein alter Mann mit wettergegerbtem braunem Gesicht sein neues Fahrrad an die Wand. Eine schwarze Katze genoss die Februarsonne und blinzelte Kommissar Fuchs neugierig entgegen, der die abenteuerlichen Namensschilder an dem vierstöckigen Gebäude studierte. *Im vierten Stock wohnt sie*: Ein kleines Pappschild, mit Kugelschreiber in ungelenker Schrift bemalt.

Im düsteren Treppenhaus roch es nach Zwiebeln, brutzelndem Öl und Knoblauch. Und aus jeder Wohnung drangen die unterschiedlichsten lautstarken Lebenszeichen, Gespräche, Schimpfen, Babygeschrei, orientalische Musik, Klappern von Töpfen und Pfannen, Türenknallen, Stimmen aus dem Fernsehen. Fuchs versuchte, die Sprachfetzen einzelnen Ländern zuzuordnen, doch meist musste er passen. Die abgetretene Holztreppe mit dem gedrechselten Holzgeländer musste einmal sehr elegant gewesen sein, jetzt fehlten etliche Stäbe, und die dunkelbraune Farbe der Stufen war nur noch an den Stellen erhalten, die kein Fuß je berührt hatte. Am Anfang nahm der Hauptkommissar zwei Stufen auf einmal, bald schnaufte er jedoch wie ein alter Ackergaul.

Das kommt davon, Ewald, wenn du immer wieder das Fitnesstraining schwänzt und dir die Knödel mit 'm Schäufele so gut schmecken«, moserte er sich lautlos an.

Ab dem dritten Stock schleppte er sich im Schneckentempo weiter und musste vor der Tür der Kenianerin erst mal verschnaufen, bevor er auf den Klingelknopf drückte. Ein Chinese mit wuscheligen schwarzen Haaren steckte seinen Kopf durch den Türspalt.

»Hauptkommissar Fuchs. Wohnt hier Frau … ähm?« Fuchs kramte nach seinem Zettel, um den schwierigen Namen ablesen zu können.

»Ja, kommen Sie herein, wir erwarten Sie schon.«

Gott sei Dank, der kann Deutsch, dachte Fuchs erleichtert. Die Dachgeschosswohnung machte einen gepflegten, sauberen Eindruck. Die Einrichtung bestand überwiegend aus Kisten und stabilen Kartons. In der Mitte des Wohnzimmers thronte ein riesiger alter Esstisch mit acht Stühlen und in einer Ecke stand ein Doppelbett mit einem rot-weiß gestreiften Überwurf. Auf dem Boden stapelten sich zahllose Bücher.

»Bitte, nehmen Sie Platz, Herr Kommissar«, sagte der Chinese mit dem typisch unverbindlichen fernöstlichen Lächeln. »Naomi kommt gleich, sie ist in der Küche.«

Mit der Würde einer Königin schritt sie herein, und Fuchs erhob sich und blieb wie angewurzelt stehen. Eine hochgewachsene junge Frau, schlank, mit dunkler Haut und ernsten Gesichtszügen, streckte ihm ihre Hand entgegen. *Riemenschneiderhände,* dachte Fuchs. Irgendwie hatte er das Gefühl, hier stünde eine lebendig gewordene afrikanische Statue aus der Seeger-Villa vor ihm.

»Sie wissen, warum ich gekommen bin, Frau … ach, darf ich auch Naomi sagen?«

Das Mädchen nickte.

»Ich möchte mich ein wenig mit Ihnen über Vera Seeger unterhalten.« Er schaltete das Aufnahmegerät ein.

»Seit wann haben Sie bei ihr gearbeitet?«

»Mein Deutsch nicht sehr gut, verzeihen. Vera schickt mich zu Kurs *Deutsch für Ausländer,* wird besser, sagt sie. Ich bin bei Vera ein Jahr. Zuerst hab' ich gewohnt in Villa, aber dann zusammen mit mein Freund Wang Li.« Sie warf ihm einen zärtlichen Blick zu.

»War Frau Seeger gut zu Ihnen?«

Fuchs kaute an seinem Schnurrbart, während er darüber nachdachte, wie er Naomi in einfachstem Deutsch verhören konnte.

»Ja, Vera sehr gute Frau. Schenkt mir viele Sachen. Tisch, Stühle und Vorhänge, und ist mit mir in Boutique, such aus, was gefallen.«

Ein Lächeln huschte über Naomis ernstes Gesicht.

»Aber warum sie sterben, warum Mord?«

»Das wissen wir noch nicht. Professor Seeger sagte mir, dass es einmal Streit mit Frau Seeger gegeben hat.«

»Ja, heißer Tag. Ich geschwitzt viel. Fragen, kann ich duschen? Vera gibt Handtuch und Seife, … Tür von Bad offen. Ich duschen. Dann raus aus

Dusche … abtrocknen, da Vera an Tür stehn. Vera darf nicht sehen Naomi ohne Kleider. Ich wütend. In Küche. Nehmen Tassen und werfen an Wand.«

Das Mädchen berichtete stockend, und Fuchs war klar, wie viel Überwindung es Naomi kostete, darüber zu sprechen. »Und was hat Frau Seeger dann gemacht?«

»Gehen mit mir in Flur, da Figur aus Afrika oben nackt, und Vera sagen: Naomi so schön wie Figur! Und macht so:«

Naomi umarmte ihren Freund.

»Viele Tage später Vera macht Fotos von mir – mit Kleider – und schenkt mir Fotos und sagt ›So schön ist Naomi!‹« Fuchs sah, dass Tränen in ihre großen dunkelbraunen Augen traten. Er reichte ihr ein Papiertaschentuch, da rief sie erschrocken aus:

»Was mit Ihr Hand, Herr Kommissar? Folter?«

»Nein, nein, das war ein Hund. Aber, sind Sie in Ihrer Heimat gefoltert worden?

»Krieg mit ein andere Clan, mein Mann und mein Familie ermordet, nur ich und Mutter von meine Mutter leben, Flucht, aber alte Frau krank und sterben, ich allein nach Nairobi, dort fragen, ob Treck nach Europa. Warten. Mit andere Flüchtlinge weiter, verstehen, viele Monate Flucht, kommen nach Deutschland, Nürnberg, ich Asyl, bekommen Baby, aber Baby tot.«

Ihre Stimme brach und sie warf sich über den Tisch und verbarg ihr Gesicht.

Ewald, wie hättest du's sachter machen können, ging es dem Kommissar durch den Kopf und er wollte sich, wie er es immer tat, wenn er verlegen war, ans Ohrläppchen fassen, als ihm einfiel, dass es seit Jahren nicht mehr da war, weil ein Junkie total durchgedreht war, als er ihn festnehmen musste. *Naomis Narben sind unsichtbar*, resümierte er und beobachtete den Chinesen, wie er immer wieder behutsam über Naomis schwarzes Haar strich. Als Fuchs den Eindruck hatte, dass sich das Mädchen wieder gefasst hatte, setzte er das Gespräch fort.

»Und wo haben Sie Frau Seeger kennengelernt?«

»Ich weg aus Asylheim, dort Frauen mich schlagen, böse Frauen, und ich zu Hauptmarkt, dort Vera mich finden und mich in Villa mitnehmen. Dann mich schicken zu Doktor für Seele und *Deutsch für Ausländer* und mir zeigen Arbeit im Haus. Aber was jetzt? Vera tot.«

In ihrem Gesicht spiegelte sich ein stummer Hilferuf.

»Professor Seeger sagte mir, er wird Sie behalten, Sie können bei ihm in Regensburg arbeiten.«

»Das gut«, sagte sie erleichtert, da fiel ihr Wang Li ein und sie wandte ihm ihr Gesicht zu: »Du studieren in Regensburg?«, fragte sie.

»Bestimmt«, beruhigte er sie.

»Was studieren Sie denn, Herr Wang Li?«

»Ich studiere Informatik in Erlangen.«

»Haben Sie ein Stipendium?«

»Ja, aber das ist zu wenig zum Leben. Ich helfe in den Semesterferien in einem China-Restaurant, das Freunden gehört. In China habe ich schon mein Studium begonnen, aber ich musste fliehen, politisch, Sie verstehen, dann hat man mein Versteck gefunden und mich gefoltert.«

Er öffnete sein Hemd, der gesamte Brustkorb war mit Narben übersät.

»Ich war drei Jahre im Gefängnis. Dann bin ich mit Hilfe von guten Freunden aus China geflohen und nach Deutschland gegangen.«

Wang Lis Blick war geschärft für Anzeichen von Folter, so sprach er den Kommissar auch auf sein fehlendes Ohrläppchen an.

»Ach, das war ein Dienstunfall«, meinte Fuchs lapidar.

Und dachte: *Was ist das gegen euer Schicksal?*

»Nun muss ich Sie noch fragen, Naomi, wo Sie am 28. Januar zwischen 17 und 20 Uhr waren?«

»Ich war hier, mit Wang Li.«

Der Chinese nickte. Fuchs dankte für das Gespräch und verabschiedete sich. Wang Li begleitete ihn zur Tür. Im Hinuntergehen zerbrach er sich den Kopf, wie wohl ein Kind aussehen würde, wenn die beiden eines Tages eines bekommen würden.

Bankgeheimnisse

Am Plärrer, der großen Drehscheibe in der City, stand Fuchs an einer roten Ampel und ließ das Gespräch mit Naomi und Wang Li noch einmal Revue passieren. *Ewald, wenn dich deine Spürnase und deine Menschenkenntnis nicht im Stich lassen, haben die beiden keinen Dreck am Stecken. Warum sollte Naomi ihre Gönnerin aus dem Weg räumen? Aber die menschliche Psyche hat viele Windungen und Abgründe und nicht immer wird einem ein Motiv auf dem Silbertablett serviert. Warten wir's ab.*
Im Rückspiegel war *das Hochhaus* auszumachen, das erste, das im Nachkriegsdeutschland gebaut worden war, Anfang der Fünfzigerjahre. Die Nürnberger, die bis dato nur vier- und fünfstöckige Häuser hatten, haben ihm keinen Namen gegeben, vielleicht, weil sie von seiner Einmaligkeit so ergriffen waren und kein zweites da war, das sie von ihm unterscheiden hätten müssen. Die Hochhäuser im Stadtteil Langwasser entstanden erst viel später.

Das Plärrer-Hochhaus! Ewald Fuchs sah sich wieder als Zehnjährigen in kurzen Hosen, zusammen mit seinem Freund Max, wie sie vor dem Hochhaus durch die Glastüren spähten, bis der Pförtner seinen Platz kurz verließ. Wie auf ein geheimes Kommando rannten sie dann ins Foyer und auf den Paternoster zu, sprangen hinein und los ging die Fahrt. Und jedes Mal das mulmige Gefühl im Bauch, wenn im letzten Stockwerk das Schild mahnte: »Hier aussteigen. Lebensgefahr!«. Natürlich blieben sie drin, und beim ersten Mal waren sie felsenfest überzeugt, dass sie in der Kabine, nach dem letzten Stockwerk, wenn es wieder nach unten ging, auf dem Kopf stehen würden und hielten sich aneinander und am Geländer im Paternoster fest. Aber, o Wunder, sie blieben auf ihren braun gebrannten Bubenbeinen stehen und jetzt ging's wieder abwärts. Wenn ein Mitarbeiter der Städtischen Werke zustieg und fragte, was sie hier zu suchen hätten, antworteten sie mit treuherzigem Augenaufschlag: »Unsere Mütter arbeiten hier, wir müssen was Dringendes ausrichten.« Unten angekommen spähten sie in Richtung Pförtnerloge, ob sie besetzt war oder frei, und manchmal, wenn der Pförtner schon wieder auf seinem Posten war, mussten sie drei-, vier Mal ihre Paternosterrunde drehen.

Die Ampel sprang auf Gelb, dann auf Grün, der Kommissar gab Gas und fuhr im Stop-and-Go den Frauentorgraben entlang, warf einen kurzen Blick auf die Stadtmauer aus Sandsteinquadern, über Jahrhunderte nachgedunkelt, die dicken runden Türme waren mit einer dünnen Schneeschicht bedeckt, *sieht aus wie Puderzucker,* dachte Fuchs.

Nun war er auf der Höhe des Opernhauses.

Jetzt haben wir ein Staatstheater, vormals war es städtisch, oh, welche Ehre! Und doch bleiben wir Franken ewig benachteiligt gegenüber dem Münchner Löwen.

Ein geradezu sarkastischer Zug hatte sich in seinem Gesicht breitgemacht. Als er den Hauptbahnhof passierte, dachte er an Torsten Ritter.

Wie wird er sich in Berlin durchschlagen? Gewissenhaft ist der Bursche ja, man muss ihn endlich auch mal ins kalte Wasser ...

Da klingelte das Autotelefon.

»Seeger am Apparat. Herr Kommissar, ich habe eine wichtige Information für Sie. Im Arbeitszimmer meiner Frau lagen Kontoauszüge. Und da habe ich festgestellt, dass sie an ihrem Todestag 100 000 Euro abgehoben hat. Das Geld habe ich aber nirgends im Haus gefunden. Normalerweise sprechen wir uns bei so hohen Beträgen ab, ich finde es zumindest ungewöhnlich ...«

»Hm. Herr Professor, bei welcher Bank hat Ihre Frau das Geld abgehoben?«

»Bei der Stadtsparkasse.«

»Was halten Sie davon, wenn wir uns in einer halben Stunde dort treffen? Vielleicht erinnert sich der Mitarbeiter, der den Vorgang bearbeitet hat, an Einzelheiten.«

Eine halbe Stunde später saßen Seeger und Fuchs im holzgetäfelten Besprechungszimmer der Stadtsparkasse. Der Banker Willy Seuse thronte in einem wuchtigen cremefarbenen Ledersessel hinter seinem Schreibtisch, Seriosität und Diskretion blitzten aus allen Knopflöchern. *Mittlere Führungsebene,* schätzte Fuchs. Steif erhob sich Seuse und kondolierte dem Professor, ohne jede Spur innerer Beteiligung, aber in perfekter Wortwahl, er habe die traurige Nachricht in der Zeitung gelesen. »Ja, ich erinnere mich«, begann er, »Frau Seeger kam am ...« Er schielte zu seinem Terminkalender. »... 25. Januar zu mir und fragte an, ob wir innerhalb von drei Tagen diesen Betrag in bar vorbereiten könnten. Nun, das war kein Problem und wir vereinbarten einen Termin für den – warten Sie –«, Seuse blätterte in seinem Terminkalender, »ja, für den 28. Januar um 10 Uhr.«

»Hat sich Frau Seeger geäußert, wozu sie dieses Geld verwenden wollte?«, fragte Fuchs lauernd.

»In ihrer charmanten Art sagte sie ganz nebenbei ›Sie wissen doch, Herr Seuse, Spielschulden müssen sofort beglichen werden‹. Ganz koscher erschien mir die Sache nicht, deswegen habe ich einige der Seriennummern auf den Scheinen notiert. Hier bitte.«

»Meines Wissens hat meine Frau nicht gespielt«, mischte sich Seeger ein.

Für den Hauptkommissar war das Verhör beendet und er verabschiedete sich von Seuse mit einer leichten Verbeugung und einem ironischen Lächeln. Hätte Seuse in dessen Augen lesen können, wäre er nicht wenig überrascht gewesen.

Ach, ihr Banker, jetzt hat's euch auch mal eiskalt erwischt, ihr mit eurer Selbstsicherheit. Hättet ihr nicht so windige Sachen gemacht, hätten wir jetzt keine Wirtschaftskrise. Ob es dem Staat gelingt, euch wenigstens an eine lange Leine zu legen?

»Wir werden der Sache nachgehen, Herr Professor«, wandte sich Fuchs an Seeger, als sie sich vor der Bank verabschiedeten. »Dafür haben wir unsere Experten. Haben Sie zufällig ein Foto von Ihrer Frau dabei, das Sie mir überlassen würden?«

Fuchs hatte Blut geleckt. Der Professor kramte in seiner Brieftasche, die seine Initialen in Gold trug. »Ja, bitte sehr. Dieses Foto ist vor etwa einem Jahr gemacht worden. Meine Frau brauchte damals einen neuen Reisepass.«

Seeger stieg in seinen schwarzen Mercedes mit getönten und verspiegelten Scheiben. Fuchs lief im Eilschritt zu seiner alten Mühle, wie er seinen Dienstwagen nannte, den er in eine Parklücke gequetscht hatte, während sich seine Gedanken fast überschlugen.

Ist das nun ein Mord mit Erpressung? Warum brauchte sie sonst das Geld in bar? Und wer hatte einen Grund, sie zu erpressen? Vielleicht ein Raubmord? Oder können wir ihr die Spielschulden abnehmen? Na, ich werde zwei Kollegen auf die Casinos ansetzen – mit dem Foto von Vera Seeger. Die Spielhallen scheiden bei so einem hohen Betrag aus. Oder ist es was Illegales? Na, die Spezialisten werden es herausfinden. Werd' mir erst mal ihre Busenfreundin vorknöpfen, die kennt sie wahrscheinlich am besten.

Der Nebel lichtet sich

Darauf war er nicht gefasst. Als ihn Anita Bürger ins Wohnzimmer führte, fiel sein Blick sofort auf den Rollstuhl am Fenster. Ein Mädchen unbestimmten Alters saß zusammengekrümmt darin, blass und mit übergroßen dunklen Augen, die seltsam verdreht waren, mit einer bizarr verkrümmten Stellung der Arme, und aus ihrem Mund, aus dem Speichel rann, drangen unverständliche Laute. »Susanne ist von Geburt an gelähmt, Sauerstoffmangel während der Geburtsphase«, erklärte Frau Bürger, denn sie war es gewohnt, dass Besucher, die ihre Tochter zum ersten Mal sahen, zunächst ratlos waren. Auf dem Weg zu ihrem Sessel strich sie dem Mädchen übers Haar. Streichholzkurz war es geschnitten. Fuchs versuchte, seine Fassung wieder zu gewinnen.

Da hab' ich es mit Totschlägern und Mördern zu tun, und hier bekomme ich weiche Knie.

»Frau Bürger«, begann er das Gespräch, »Herr Professor Seeger erzählte mir, dass Sie die beste Freundin seiner Frau gewesen sind. Wo haben Sie Frau Seeger denn kennengelernt?«

Ewald, diesmal musst du deine Samthandschuhe anziehen, am besten gleich zwei Paar übereinander.

»Frau Seeger war meine Chefin in der Stadtbibliothek.«

»Gab es irgendwelche gemeinsame Interessen?«, bohrte Fuchs weiter. Während sein Gegenüber sorgfältig seine Worte wählte, betrachtete er die Frau genau.

Mitte, Ende fünfzig. Ein bisschen mollig, das blonde dauergewellte Haar ist wohl gefärbt, und wie gibt sie sich? Irgendwie demütig.

»Oh, ja, unsere Liebe zur Literatur war unser häufigstes Gesprächsthema. Wir hatten gemeinsame Lieblingsschriftsteller, Böll, Grass, Celan, Ingeborg Bachmann, Thomas Mann, Dürrenmatt, Frisch und …«

»Sind Sie noch in der Stadtbibliothek beschäftigt, Frau Bürger?«, unterbrach Fuchs behutsam die Aufzählung.

»Seit der Geburt meiner Tochter nicht mehr, aber Vera hat sich rührend um uns gekümmert, und, seitdem mein Mann an einem Schlaganfall gestorben ist, hat sie uns finanziell unterstützt, hat dafür gesorgt, dass ich ab und zu hier rauskam. Ich kann ja meine Tochter nicht allein lassen.

Vera hat für die Zeit, in der ich außer Haus war, immer eine Pflegerin bezahlt.«

Jetzt kommt sie endlich in Fahrt. Das Eis scheint gebrochen zu sein.

»Das ist tatsächlich sehr großzügig«, musste Fuchs zugeben. »Was für ein Mensch war ihre Freundin Vera Seeger, können Sie versuchen, mir das klarzumachen?«

Anita Bürger war aufgestanden, um ihrer Tochter den Speichel abzuwischen, die Lehne des Rollstuhls etwas nach hinten zu klappen und die Fußstütze entsprechend zu regulieren.

»Es ist wichtig, dass man immer wieder ihre Position ändert, verstehen Sie, Herr Kommissar? Was hatten Sie gefragt?«

Fuchs holte tief Luft, die ganze Situation machte ihn verlegen. »Was für ein Mensch war Vera Seeger?«

In diesem düsteren Raum mit den dunklen Plüschsesseln, den langen Samtvorhängen und den düsteren Tapeten fühlte er sich unbehaglich. *Irgendwie ist es hier drin stickig.*

Die Frau überlegte und schlang eine Haarsträhne um ihren Finger.

Zögernd begann Anita Bürger: »Vera war eine sehr starke Frau, sehr willensstark, was sie sich vornahm, hat sie auch durchgesetzt. Ich habe immer ihre Disziplin bewundert, nie ein Wutausbruch oder ein lautes Wort, nie habe ich sie weinen sehen. Sie war eine Schulter zum Anlehnen, wissen Sie. Ich hatte ja viele Sorgen mit meiner Susanne und dann die ganze Bürokratie, mit den Behörden, der Pflegeversicherung und der Krankenkasse, dass ich manchmal richtig am Ende war. Vera hat mich immer wieder aufgebaut. Auch nach ihrem Herzinfarkt hat sie mit viel Disziplin an sich gearbeitet. Und, als sie ihren Beruf aufgeben musste, hat sie sich dann ehrenamtlich engagiert, als ich sie mit den Vereinen *Iglu* und *Netz* bekannt machte. Sie brauchte eine sinnvolle Aufgabe, ein Gebiet, auf dem sie sich entfalten konnte. Und sie war sehr empfänglich für Anerkennung.«

Fuchs war aufgestanden und ans Fenster gegangen, er hätte es gerne geöffnet, wagte aber nicht, darum zu bitten. Als er in die Nähe des Rollstuhls kam, verstand er, weshalb die Luft so stickig war. In einem Regal lagen stapelweise Windeln. Resigniert setzte er sich wieder. Wusste nicht recht, wie er die folgende Frage formulieren sollte, damit er auch eine Antwort erhielt.

»Man muss Sie bewundern, wie Sie das alles so schaffen, Frau Bürger.«

Da glitt ein scheues Lächeln über ihr Gesicht. Tiefe Falten hatten sich um den Mund eingegraben.

»Ich weiß, dass meine nächste Frage Ihnen indiskret erscheinen wird, aber ich muss sie stellen, denn, wenn wir Vera Seegers Mörder finden wollen, sind solche Fakten sehr wichtig. Also, wie würden Sie die Ehe der Seegers beschreiben? Gab es irgendwelche Affären?«

Meine Angel ist ausgelegt. Hoffentlich beißt sie an, dachte er, während er nervös an seinem Schnurrbart kaute.

Anita Bürger schluckte, überlegte, schluckte wieder, starrte den Kommissar an, blickte auf die geblümte Tischdecke, als wolle sie die Blumen zählen, dann auf die goldene Wanduhr.

»Wenn es dazu beiträgt, dass der Mörder gefasst wird, werde ich alles sagen, was ich weiß. Ich denke, das ist in Veras Sinn. Nur müssen Sie mich jetzt entschuldigen, ich muss Susanne zum Physiotherapeuten fahren und anschließend haben wir einen Arzttermin. Vielleicht können wir uns morgen weiter unterhalten?

Fuchs ballte seine Fäuste, dass das Weiße an den Knöcheln hervortrat, fragte aber höflich: »Kann ich morgen um 11 Uhr wieder kommen?«

Frau Bürger nickte und stand im Zeitlupentempo auf, Zentimeter um Zentimeter, mit schmerzverzerrtem Gesicht, eine Hand auf den Rücken gepresst. »Das sind die Nebenwirkungen der Pflege, Herr Kommissar.«

Einige Tage nach dem Mord ging Anna Sartorius, wie jeden Morgen, mit ihrem Schäferhund Rex Gassi. Zu ihrem Ärger stand das fremde Auto immer noch vor ihrem Grundstück. »Jetzt reicht's«, sagte sie zu Rex. »Wenn wir nach Hause kommen, ruf' ich bei der Polizei an, die soll sich darum kümmern, dass dieses dreckige Ding abgeholt wird.«

Noch vor dem Frühstück ließ sie sich mit der Verkehrspolizei verbinden.

»Ja, hier Sartorius. Ich möchte eine Meldung machen. Vor meinem Grundstück steht seit Tagen ein fremdes Auto, das nicht hierher gehört. Können Sie bitte ermitteln, wem das Auto gehört, damit der Besitzer es abholt?«

»Behindert Sie dieses Auto, versperrt es Ihre Ausfahrt, Frau …?«

»Sartorius ist mein Name. Nein, das nicht …«

»Gute Frau, wenn ein Auto ordnungsgemäß geparkt ist und niemanden behindert, dann dürfen wir nicht einschreiten. Steht es vielleicht im Halte- oder Parkverbot?«

»Nein, das nicht, aber erstens bin ich nicht Ihre *gute Frau,* Sie sollten meinen Namen kennen, ich bin die Witwe des Konsuls Sartorius, hören Sie, junger Mann …«

Unterdrücktes Lachen war durch die Leitung zu hören.

»Da liegen Sie aber ganz falsch, ein junger Mann bin ich nicht mehr. Aber rufen Sie doch in ein paar Tagen wieder an, Frau Sartorius.«

»Kommt gar nicht in Frage«, rief sie energisch, »Sie kennen die Zusammenhänge doch gar nicht. Sie lassen mich ja nicht ausreden, Herr Wachtmeister.« »Verzeihung, Frau Sartorius.«

»Ja, ich habe nämlich vor vier Tagen einen bewusstlosen Mann in diesem Auto gefunden und den hat der Rettungsdienst ins Krankenhaus gebracht.«

Triumph schwang in ihrer Stimme mit.

»Ja, warum sagen Sie das denn nicht gleich, gute … äh, Frau Sartorius? Können Sie mir das Autokennzeichen durchgeben?«

»Das Kennzeichen lautet: N-ZY 7601.«

»Besten Dank, wir werden uns darum kümmern.«

Die Maschinerie lief an. Über das Kennzeichen konnte der Besitzer ausfindig gemacht werden, ein Aegidius Stummer aus dem Stadtteil Sankt Leonhard.

Der Beamte erreichte Aegidius Stummer zu Hause. Er sei froh, dass man sein Auto gefunden hatte, er habe es nämlich an einen Freund verliehen und wundere sich, dass er nichts mehr von ihm gehört habe, erzählte Stummer. Der Mann sei ins Krankenhaus eingeliefert worden, erklärte der Diensthabende, aber inzwischen wieder entlassen worden. Damit war die Sache für die Verkehrspolizei erledigt.

Schon um die Mittagszeit, als Anna Sartorius vor ihrer Gartentür auf ein Taxi wartete – sie hatte einen Termin bei ihrem Coiffeur –, klaffte eine große Lücke im Schnee, wo das fremde Auto gestanden hatte. *Na also, jetzt kann das Taxi auch wieder direkt vor meiner Gartentür halten.*

Diesmal hatte Fuchs für den Besuch bei Anita Bürger vorgesorgt, fast eine viertel Flasche seines Rasierwassers hatte er über seinen ganzen Körper verteilt und eine Ladung Haarwasser auf sein Haar geschüttet.

»Na, Ewald, hast du heute ein Rendezvous?«, neckte ihn seine Freundin Marianne.

»Quatsch, ich muss eine Zeugin befragen, die ein schwer behindertes Kind hat, und da riecht's nicht besonders gut.«

»Du wirst sehen, alle Hunde in der Stadt werden dir hinterher laufen.«

»Marianne, der Fall ist leider sehr traurig, mir tut das arme Kind so leid, ich war nach dem letzten Gespräch fix und fertig.«

»Du schaffst das schon, Ewald. Und heute abend gehen wir zum Italiener, du hast es mir versprochen.«

Am Zeitungsstand an der Ecke, wo Fuchs seine Zeitungen und Zeitschriften kaufte, entdeckte er einen kleinen Teddybären mit blau-weiß karierter Mütze und Hose. In einem spontanen Entschluss kaufte er ihn, *für die Susanne.* Als er an Frau Bürgers Wohnungstür klingelte, musste er lange warten, bis ihm geöffnet wurde.

»Entschuldigen Sie, Herr Kommissar, ich habe gerade meine Tochter ins Bett gebracht. Kommen Sie nur herein.«

Da stand der leere Rollstuhl und Fuchs legte den Teddybären dort ab. Anita Bürger bedankte sich und fragte, ob der Herr Kommissar eine Tasse Kaffee trinken wolle. Fuchs lehnte dankend ab.

»Frau Bürger, Sie wollten mir einiges über die Ehe der Seegers sagen.«

»Zuerst muss ich wissen, ob meine Aussage zu Protokoll gegeben wird«, begann sie vorsichtig und blickte starr auf das Tischchen, auf dem eine Zeitung aufgeschlagen war.

John Updike tot. Der Autor der Rabbit-Romane …, las Fuchs, obwohl die Buchstaben aus seiner Perspektive auf dem Kopf standen.

»Ich höre mir nur an, was Sie mir erzählen, ich lasse jetzt kein Band mitlaufen, aber einige Kernaussagen muss ich schon schriftlich festhalten und Sie bitten, dieses Protokoll dann später zu unterschreiben. Wir müssen ja etwas in der Hand haben, wenn wir weiter ermitteln«, sagte er diplomatisch.

»Gut. Vera lernte ihren Mann während der gemeinsamen Studienzeit in Erlangen kennen. Soweit ich es beurteilen kann, führten sie eine ganz normale Ehe. Vera war eher dominant, denn Martin ist recht unentschlossen, ein eher weicher, sensibler Typ. Er brauchte offenbar diese Führung von Vera. Wie sie mir einmal erzählte, ist Martin in einer sehr strengen Pfarrersfamilie aufgewachsen und hatte dort nie gelernt, eine eigene Meinung zu vertreten oder Entscheidungen zu treffen. Ich denke, die beiden haben sich ergänzt. Und in all den Jahren hat Vera auch nie etwas Nachteiliges über ihren Mann geäußert. Beide hatten sich auch mit der Wochenendehe arrangiert. Vor einiger Zeit fiel mir auf, dass Martin öfter auch am Wochenende in Regensburg blieb und einen Teil der Semesterferien angeblich dort mit Kollegen zusammenarbeitete. Dann kam der Zufall ins Spiel. Ich hatte wegen meiner Bandscheiben einen Termin in der Uniklinik Regensburg. Die Untersuchungen zogen sich über den ganzen Tag hin und am Abend hatte ich noch viel Zeit bis zur Abfahrt meines Zuges. Ich ging in ein Restaurant, um mir nach all den Strapazen ein gutes Essen zu gönnen. Kaum hatte ich Platz genommen, kam ein Paar herein und nahm an einem der Tische in meiner Nähe Platz. Als ich – es war ziemlich dämmrig in dem Lokal – einmal zum Tisch der Neuankömmlinge hinüberschaute, glaubte ich, meinen Augen nicht zu trauen. Professor Seeger mit einer jungen Frau! Die beiden turtelten so intensiv, dass sie mich nicht bemerkten. Vorsichtshalber setzte ich mich auf einen anderen Stuhl, sodass ich ihnen den Rücken zuwandte, um jede Peinlichkeit auszuschließen. Schon auf der Rückfahrt überlegte ich, ob ich Vera davon erzählen sollte, kam aber nach reiflicher Überlegung zu dem Schluss, dass sie ein Recht darauf habe, es zu erfahren.«

Anita Bürger erhob sich mühsam: »Einen Augenblick, Herr Kommissar, ich sehe nur kurz nach meiner Tochter.«

Fuchs lehnte sich zurück, schämte sich plötzlich wegen des Rasierwassers und kratzte sich hinterm Ohr.

Da tut sich eine ganz neue Perspektive auf. Fieberhaft arbeitete es in seinem Gehirn. *Nun ist also als nächste Zeugin Dr. Ursula Weber dran. Regensburg, na ja, ein Halbtagesausflug.*

Die Frau kam zurück: »Alles in Ordnung, sie schläft und atmet regelmäßig, manchmal braucht sie ein Sauerstoffgerät.«

»Sie sind ja inzwischen eine professionelle Krankenschwester geworden.«

Fuchs nickte seinem Gegenüber anerkennend zu und spürte, wie gut der Frau seine Worte taten.

»Ja, Frau Bürger, wie hat Ihre Freundin auf diese Nachricht reagiert?«

»Sie war, wie immer, sehr diszipliniert, sehr gefasst. Und sagte nur: ›Ich werde einen Detektiv beauftragen, Anita. Ich muss Details wissen.‹ Und ich fragte, ob sie denn gar nicht eifersüchtig sei. Ihre Antwort habe ich mir Wort für Wort gemerkt, denn sie hat mich schockiert: ›Warum sollte ich auf eine Matratze eifersüchtig sein?‹« Anita Bürger starrte vor sich hin und schwieg lange.

»Heute mache ich mir Vorwürfe, dass ich ihr von Martins Affäre erzählt habe«, flüsterte sie tonlos.

»Und wie ging die Sache weiter?«

Der Kommissar sah bereits eine Spur vor sich, ob sie zu einem Ergebnis führen würde, konnte er im Augenblick nicht beurteilen.

»Vera war von den Berichten des Detektivs beruhigt. Die junge Frau, Martins Assistentin, wohnte nicht mit ihm zusammen und er unterstützte sie auch nicht finanziell. Ich drängte Vera, ihren Mann zur Rede zu stellen, um klare Verhältnisse zu schaffen, aber Vera lachte nur und sagte: ›Zuerst wird er dafür büßen müssen, dass er sich wünschen wird, nie geboren worden zu sein.‹«

Von der Christuskirche schlug es zwölf. Fuchs konnte nicht mehr still sitzen, stand auf und blickte aus dem Fenster. Als Kind verglich er immer *seine* Peterskirche mit diesem roten Backsteinbau und schloss mit sich selbst einen Kompromiss: Ja, die Peterskirche ist zwar kleiner, aber alt. Die Christuskirche ist schön rot und leuchtet von Weitem, aber mit *seiner* Kirche konnte sie nicht mithalten. Die neugotische Peterskirche, dunkel geworden vom Ruß und von den Abgasen der Autos, war ein Wahrzeichen der Stadt. Verwandte und Bekannte der Mutter sagten immer zu ihm, wenn sie zu Besuch kamen: »Bist halt a Bäiderlesbou, Ewald.«

Für Ewald und seinen Freund, den Max mit den lustigen Sommersprossen und der Stupsnase, war die Christuskirche immer die Grenze bei ihren Bubenstreifzügen gewesen. Max hatte keine Eltern mehr und wuchs bei einer älteren alleinstehenden Tante auf, die schrecklich streng war und auf Pünktlichkeit großen Wert legte. Ewald hatte wenigstens eine Mutter, der Vater sei vermisst, sagte sie, von einer Bergtour nicht mehr zurückgekommen. Aber als Ewald älter wurde, glaubte er nicht mehr so recht an Mutters Version. Vielleicht hatte sich der Vater ja einfach aus dem Staub gemacht.

Am Nachmittag, wenn die Hausaufgaben erledigt waren, gingen die beiden Freunde immer zum Aufseßplatz, tobten sich auf dem Spielplatz aus und nervten dabei die Rentner, die dort auf den Bänken in der Sonne saßen und schwatzten. Wenn die Freunde im Besitz von ein paar Zehnerle waren, was nicht oft vorkam, kauften sie am Stand vor dem Kaufhaus ein Eis, Max ein *Schoko* und er ein *Pistazien,* und man musste höllisch aufpassen, dass die große schwere Kugel auf der schmalen Waffeltüte nicht das Übergewicht bekam und aufs Pflaster fiel. Vor der Christuskirche machten sie kehrt, um rechtzeitig zum Abendessen wieder daheim zu sein.

Der letzte Glockenschlag verhallte und Frau Bürgers Frage riss ihn wieder in die Gegenwart zurück.

»Herr Kommissar, welche Aussagen muss ich nun unterschreiben?«

»Wann und wo Sie Herrn Seeger mit Frau Weber zusammen gesehen haben, da können Sie bestimmt in Ihrem Terminkalender vom Vorjahr nachsehen, wenn sie einen so wichtigen Termin in Regensburg hatten, haben Sie ihn auch vermerkt. Dann, dass es keinen Zweifel an einer Liebesbeziehung zwischen Seeger und Weber gebe, und, dass Sie Ihre Beobachtungen Vera Seeger erzählt haben.«

Anita Bürger seufzte, aber in ihrem Gesicht spiegelte sich Erleichterung.

Fuchs war froh, dass er eine längere Strecke bis zum Parkhaus beim *Schockn* zu laufen hatte, wie die alten Nürnberger auch heute noch das

34

Kaufhaus am Aufseßplatz nannten. Seine Mutter kaufte immer dort ein, sie musste sehr sparen und das Südstadtkaufhaus hatte auch immer preiswerte Waren im Angebot, die auf die Bedürfnisse der kleinen Leute zugeschnitten waren.

Der Hauptkommissar nahm weder die Autos wahr, die dicht an dicht, die Luft verpesteten, noch die Passanten, die ihm Kopf schüttelnd auswichen und beinahe wäre er gegen den Pfosten eines Halteverbotschildes gelaufen.

Mein Kopf ist ein Bienenstock, ich brauch' erst mal eine Pause, um den Bienen ihre Flugschneisen zu zeigen.

Ein italienischer Abend

Das rote Teelicht schwamm in einer Nachbildung einer venezianischen Gondel und der Kerzenschein flackerte auf den Gesichtern der beiden späten Gäste. Der Kommissar hatte nicht früher Dienstschluss machen können, er brütete über neuen Erkenntnissen zum Fall Vera Seeger und Marianne hatte den Restaurantbesuch insgeheim schon abgeschrieben, aber Fuchs sagte, als er zur Tür herein kam: »Ich zieh meinen Mantel erst gar nicht aus, komm, wir gehen zum Georgio, versprochen ist versprochen.«

Der Restaurantbesitzer Giorgio kam in leichter Schräglage an ihren Tisch: »Buona sera, Commissario, buona sera, Signora.« Und wedelte mit seiner blütenweißen Serviette über das Tischtuch.

»Prego?«

»Ich krieg' die Pizza diavolo und meinen Vino rosso.«

»Und ich nehm' die Spaghetti con burro und einen kleinen italienischen Salat.«

»Vino rosso – Vino bianco, Signora?«

Dabei senkte er seine schwarzen Glutaugen tief in die ihren.

»Vino bianco.«

Georgio verbeugte sich formvollendet, legte seine Serviette wieder über seinen Arm und segelte in Richtung Küche davon. Marianne blickte ihm nach und lächelte. *Tolle Figur*, dachte sie, *breite Schultern, schmale Hüften.*

»Du flirtest ja richtig mit diesem Venezianer«, stellte Ewald amüsiert fest.

»Ach die Italiener haben einen Charme, den man in Germania kaum findet.«

»Aber tröste dich, Ewald! Die Südländer sind fast alle Machos. Da bist du mir schon lieber. Du packst auch mal mit im Haushalt mit an.«

»Das war ich von Kind auf gewohnt. Meine Mutter war berufstätig, der Vater vermisst.«

»Ich wusste es gar nicht zu schätzen, eine vollständige Familie zu haben, bis ich dich kennengelernt habe.«

Ewald zog mit dem Messer auf dem Tischtuch Kreise.

»Das erste Mal hab' ich das zu spüren gekriegt, dass ich keinen Vater habe, als ich in die Schule kam. Damals vor 45 Jahren war eine alleinerziehende Mutter noch keine Selbstverständlichkeit. Die Kinder guckten ein wenig schief und deren Mütter noch schiefer, *unehelich*, flüsterten sie hinter vorgehaltener Hand – ihre Kinder durften nicht mit mir spielen. Schlimmer war nur der Max dran, mein Freund, der hatte gar keine Eltern mehr.«

Marianne legte ihre Hand auf die Seine und wartete. Sie wusste, dass ihn noch so manches bedrückte. Meist vertraute er ihr seine Nöte und Sorgen bei einem Restaurantbesuch oder während eines Spaziergangs an.

Georgio kam mit einem Tablett angetänzelt, als habe er jahrelang Ballettunterricht gehabt, und stellte mit der Würde eines Aristokraten zwei Weingläser auf den Tisch.

»Ah, Signora, heute besonders schöne Frisur, ganz neu, ja?«

Marianne nickte und kostete von dem Wein.

»Sehr gut, Georgio, der Wein schmeckt himmlisch.«

Der warf sich in die Brust, als sei er der Winzer persönlich und wartete auf das Urteil des Commissario.

»Gut, Georgio, nur etwas zu kalt.«

»Ah, subito, Signore, sofort.« Und er nahm das Weinglas wieder mit.

»Ich kann mir das alles gar nicht vorstellen, Ewald, ich hatte viele Freundinnen in der Klasse«, knüpfte sie am vorigen Thema an und tastete sachte an ihrer neuen asymmetrischen Kurzhaarfrisur entlang.

»Siehst du, Marianne, ich hatte einen einzigen Freund, den Max, na ja, wenn man zur Unterschicht gehört, geht die Welt nicht gerade gerecht mit einem um, das musste ich schon in der Schule erfahren. Und ich weiß heute, dass hier der Grund liegt, dass ich besonders sensibel reagiere, wenn ich etwas als ungerecht empfinde. Unsere Lieblingsspiele waren *Räuber und Gendarm* und *Der Rächer der Gerechten*. Wenn Max und ich ins Kino gingen, haben wir nachher immer lange diskutiert, ob der Bösewicht auch ausreichend bestraft worden ist und waren wütend, wenn im Film jemand falsch beschuldigt wurde oder einfach die Waage der Gerechtigkeit schief hing.«

Schweigend servierte der schwarzgelockte Venezianer die Speisen, er wusste, was sich gehörte, wenn Gäste in ein Gespräch vertieft waren. Mit einem *buon appetito* entfernte er sich.

»Ewald, ob du die Riesenportion schaffst?«

»Übrigens, da fällt mir zu meinem Namen etwas ein, Du hast das E gerade so gedehnt gesprochen. Als wir in der ersten Klasse das ABC buchstabieren lernten, kam irgend so ein Schlaumeier auf eine tolle Idee: In der Pause rief er mir zu: ›A-Wald, B-Wald, C-Wald, E-Wald, F-Wald, G-Wald‹

… und so weiter … und bald wurde das ein beliebtes Pausenspiel für die ganze Klasse. Ich ärgerte mich furchtbar, ging auf die lautesten Schreier los und verprügelte sie. Die beschwerten sich bei Fräulein Stich und ich bekam eine Strafarbeit. In der nächsten Pause hatte Fräulein Stich Pausenaufsicht. Das Spiel hatte gerade begonnen, und ich ging wie ein Rumpelstilzchen auf die Bande los, Max half mir natürlich. Da ging die Lehrerin dazwischen und nahm mich beiseite.

»So, Ewald, jetzt gehst du zu deinen Schulkameraden hin und sagst: *Das habt ihr toll gemacht, singt es doch noch mal* und lachst dabei.‹ Und weißt du, Marianne, von dem Tag an hatte ich meine Ruhe.«

Fuchs schob sich gerade ein Stück Pizza in den Mund, da klingelte sein Handy.

»Nein, nicht gerade jetzt!«

Er kaute noch rasch, schlang den Bissen hinunter, während das Handy die Melodie »Üb' immer Treu und Redlichkeit, bis an dein kühles Grab und weiche keinen Finger breit von Gottes Wegen ab …« spielte. Das Lied kannte er seit seiner frühesten Kindheit. Seine Mutter zog, wenn sie der Meinung war, dass er ganz besonders brav gewesen war, die braune Spieldose aus Holz auf, die mit einem Märchenmotiv aus Rotkäppchen bemalt war, einer Szene, als Rotkäppchen auf dem Weg zur Großmutter dem Wolf begegnet, und dann erklang die Melodie, die Mutter sang dazu und Ewald klatschte in die Hände. Die Spieldose war ein Erbstück von der Urgroßmutter …

»Ja, hier Fuchs«, meldete er sich.

»Hier Ritter, ich weiß, Chef, wie spät es ist, aber es ist was Dringendes. Ich bin im Zweifel, ob ich noch in Berlin bleiben oder morgen, wie vorgesehen, abreisen soll. Folgendes: Im Hotel Adlon, wo Seeger wohnte, ist als Begleitung seine Ehefrau eingetragen. Wenn ich Fotos bekommen könnte, von Vera und Martin Seeger und der Assistentin Ursula Weber, dann könnte ich sie den Portiers vorlegen.«

Ein paar Sekunden blieb es still in der Leitung.

»Torsten, ich besorg' morgen die Bilder und lass sie dir ans Adlon mailen. Bleib also noch ein, zwei Tage in Berlin. Wie ist deine Pension?«

»Bin zufrieden, Chef, aber ich hab' mir das Zimmer im Adlon zeigen lassen, in dem Seeger gewohnt hat, wow, Chef, wenn wir im Lotto gewinnen, fahren wir mit unserem Porsche nach Berlin und übernachten mal dort.«

Fuchs schmunzelte. »Okay, Torsten, machen wir. Sonst was Neues?«

»Die Gesprächspartner Seegers können alle Termine dank Ihrer Terminkalender und ihrer Sekretärinnen bestätigen.«

»Okay. Gib mir sofort Bescheid, wenn du die Bilder vorgelegt hast. Mach's gut, Torsten. Gut' Nacht!«

»Gute Nacht, Chef!«

»O, Commissario, immer im Dienst«, meinte Georgio bedauernd. »Wünschen noch ein Dessert?«

»Ich schon«, sagte Marianne rasch, denn sie spürte, dass Ewald bereits in Aufbruchstimmung war.

»Eisbecher Venezia, Signora, wie letztes Mal?«

»Ja, gut, und du, magst du noch ein Glas Wein?«

Fuchs nickte geistesabwesend. Marianne wusste aus Erfahrung, dass sie ihn jetzt nicht stören durfte und vertiefte sich in die Speisekarte, die auch eine köstliche Beschreibung – mit vielen Rechtschreib- und Sinnfehlern – der Geschichte des Restaurants enthielt, das immerhin schon von Georgios Vater in den Sechzigerjahren gegründet worden war. Nach dem Eis brachte Georgio die Rechnung, es ging auf 12 Uhr zu, und der Kommissar gab ein großzügiges Trinkgeld. Der Venezianer strahlte und verbeugte sich.

»Molto grazie, Signore, e buona notte, Signora« und tauchte noch einmal seine Glutaugen in die ihren.

Fuchs war wortkarg geworden, der Fall beherrschte wieder seine Gedanken, aber Marianne tröstete sich: *Es war doch ein sehr schöner Abend. Hab ich ihn doch mal wieder zum Italiener lotsen können, als echter Nämbercher geht er halt zu gern fränkisch essen.*

Im Schatten des Regensburger Doms

Am nächsten Morgen war der Kommissar schon um 7 Uhr in seinem Büro und klingelte Professor Seeger aus dem Schlaf. Er brauche sofort noch ein Foto von seiner Frau und von ihm selbst und eines von Ursula Weber. Dieses Mal machte er keine sprachlichen Bücklinge, denn er stand unter Zeitdruck. Um halb neun hatte er bei Dr. Watzek, den sie intern *Obersten* nannten, einen Termin zum Rapport. »Wie stehen wir denn vor der Presse da? Nun machen Sie mal, Fuchs. Wenn Sie personelle Verstärkung brauchen, selbstverständlich! Und vergessen Sie nicht, Fuchs, der Professor ist eine prominente Persönlichkeit!«

Die Kollegen sahen den Kommissar mit hochrotem Kopf aus dem Chefzimmer stürmen. Niemand wagte, ihn anzusprechen. Die Fotos waren inzwischen auf dem PC von Ewald Fuchs eingespeichert und er ließ sie ins Berliner Hotel Adlon übermitteln und druckte sie für sich aus.

Zu Fuß machte er sich auf den Weg zum Hauptbahnhof. Sein Zug nach Regensburg sollte in einer Stunde und zehn Minuten abfahren. Ganz bewusst hatte er auf die U-Bahn verzichtet, er wusste, dass er sich beim Laufen am besten abreagieren konnte, und jetzt brauchte er einen klaren Kopf und ein stabiles Nervenkostüm für das Gespräch mit Ursula Weber, der Geliebten von Seeger.

Zügig schritt er die Karolinenstraße entlang. Von Ferne grüßte Sankt Lorenz. Die beiden Türme, türkisgrün und nadelspitz, hoben sich scharf vom Weiß der Wolken ab. Was hatten sie in der Schule alles über Sankt Lorenz auswendig lernen müssen, und natürlich auch über Sankt Sebald und die Frauenkirche! Ewald musste sich in der sechsten Klasse ganz besonders anstrengen, denn er wollte unbedingt die Aufnahmeprüfung für die Mittelschule schaffen. Seine Mutter hatte immer gesagt: »Ewald, du wirst a mal a Beamter, was bessers gibt's ned, und da musst scho die Mittlere Reife ham.«

Herr Muschweck, der Klassenlehrer, war ein begeisterter Heimatforscher und Kunstliebhaber gewesen. Am deutlichsten erinnerte sich der Kommissar an den *Englischen Gruß* in Sankt Lorenz. Und schon hörte er die schnarrende Stimme seines alten Lehrers wieder.

»Fuchs, was weißt du über den Englischen Gruß?«

»Der Englische Gruß in der Lorenzkirche ist ein Schnitzwerk von Veit Stoß und stellt die Verkündigung des Engels dar, wie er Maria sagt, dass sie einen Sohn kriegen wird. Der Englische Gruß hängt vom Gewölbe des Chors herunter und ist mit einem geschnitzten Rosenkranz umgeben. Gestiftet hat ihn 1517 der damalige Bürgermeister Anton II. Tucher, man sagte damals, anstatt Bürgermeister, Oberster Losunger.«

»Sehr gut, Fuchs, setzen. Wer war Veit Stoß? Kleiber!

»Der Veit Stoß wurde 1447 in Horb am Neckar geboren und ist in Nürnberg 1533 gestorben ... ähm, ähm ...«

Stille.

»Weiter!«

»Hab ich vergessen.«

»Setzen, ungenügend.«

»Bernreuther, weiter!«

»Fein wichtigftef und bekannteftef ...«

»Sag mal, spinnst du, Bernreuther«, brummte der Lehrer.

»Ich war beim Pfaahnaapft, fekf Pfähne oben gepfoogen, bin mit dem Fahrrad gepfüapft.«

»Schon gut, Bernreuther, weiter!«

»Fein wichtigftef und bekanneftef Werk ift der Hochaltar in Krakau, der fogenannte Marienaltar. Aber unfer Nürnberger Engelfgruuf ift auch weltbekannt. Veit Stoof ift auf dem Johanniffriedhof begraben«, leierte der Jürgen herunter.

Wir feixten, allerdings mit gebeugten Köpfen, damit der Lehrer nichts merkte.

»Nicht schlecht, Bernreuther, nicht schlecht, Zwei.«

»Was weißt du über die Zerstörung und den Wiederaufbau der Lorenzkirche? Mehlhorn!«

»Ich war krank. Bin erst seit heut wieder da.«

»Setzen und nachlernen. Melde dich übermorgen bei mir zum Abfragen, verstanden? Wölzlein.«

»Die Lorenzkirche wurde im Krieg mehrmals durch Bombenangriffe zerstört. Die wichtigsten Kunstschätze hat man in den Bunkern aufbewahrt. Zum Ende des Krieges war die Lorenzkirche eine Ruine. Der Wiederaufbau hat viele Jahre gedau...«

Die Schulglocke schellte durchdringend laut. 13 Uhr. Schulschluss. Der Lehrer brüllte, um verstanden zu werden. »Wir machen morgen weiter. Schaut euch noch mal unseren Hefteintrag an!«

Und auf dem Heimweg hat der Max gesagt: »*Von der Jungfrauengeburt halt ich fei nix, Ewald. Aber sag's ja nicht meiner Tante!*«

Jetzt drängte sich eine Gruppe Japaner um den Kirchenführer, der gerade über das prächtige Portal sprach. Und dann stand der Nürnberger in einem japanischen Blitzlichtgewitter.

Inzwischen hatte Fuchs das Kaufhaus Woolworth in der Königstraße erreicht. Am Himmel brauten sich dunkle Wolken zusammen. Sein Blick streifte einen Wühltisch mit Schirmen, der vor dem Kaufhaus stand. 5 Euro. Fast wäre er schwach geworden. Während der Zugfahrt vertiefte er sich in seine Akten.

Auf dem Vorplatz des Regensburger Bahnhofs blies ein eiskalter Ostwind und trieb Papierfetzen vor sich her, als Fuchs in ein Taxi stieg und sich zu seinem Ziel im Universitätsviertel chauffieren ließ. Eine kurze Strecke an der Donau entlang, die heute ein unvergleichliches Blau zur Schau stellte, das Blau der Kornblumen. Am Ufer war das Wasser zu Eis gefroren, der wolkenlose Himmel leuchtete in gläsernem Blau. Der Dom warf seinen schwarzen Schatten aufs Pflaster, eben schlug es 13 Uhr. Die Passanten hatten ihre Mantelkrägen hoch geschlagen, dicke Mützen übergestülpt, viele waren mit Schals vermummt. Der Taxifahrer berichtete, dass es heute morgen in Regensburg minus 14 Grad kalt gewesen sei. Fuchs ließ sich auf kein Gespräch ein, er musste sich auf das bevorstehende Verhör konzentrieren.

Als sich die Wohnungstür öffnete, stand ihm eine junge Frau gegenüber, die aussah, als sei sie gerade mal 20 Jahre alt. Er habe einen Termin mit Frau Dr. Weber.

»Das bin ich«, sagte sie amüsiert und bat ihn herein.

Aus den Akten wusste er, dass Ursula Weber 29 Jahre alt war. Sie trug eine ausgewaschene Latzjeans und die Hose spannte sich über dem Bauch, dabei sie war ein sehr zierliches Persönchen.

Sie ist schwanger! Verwirrt von den ersten Eindrücken, stand Fuchs etwas ratlos in ihrem Wohnzimmer, einem *grünen* Wohnzimmer, überall standen üppige Zimmerpflanzen, vom winzigen Töpfchen bis zur mannshohen Palme, in allen nur denkbaren Grünschattierungen. *Ein Urwald im Miniformat*, ging es ihm durch den Kopf.

»Setzen Sie sich doch, Herr Kommissar!«

Fuchs ließ sich auf einem Rattanstuhl nieder, Ursula setzte sich auf einen würfelförmigen Hocker aus Bambus. Der Kommissar war selten verlegen um Worte, aber dieses Mal fing er fast an zu stottern. Er war fasziniert von der jungen Frau, die da vor ihm saß. Das weizenblonde Haar trug sie offen, es reichte ihr über den gesamten Rücken. Und keine Spur von Schminke hatte sie im Gesicht. Erwartet hatte er ein junges Biest, einen Vamp, ein raffiniertes Luder, das einer braven Ehefrau den Mann ausgespannt hatte. Das Aufnahmegerät lief schon seit etwa einer Minute.

»Frau Dr. Weber«, begann er und rutschte auf dem Stuhl hin und her, »wir müssen zuerst Ihr Alibi überprüfen, das müssen wir bei allen Zeugen tun. Wo waren Sie am 28. Januar zwischen 17 und 20 Uhr?«

Zum ersten Mal kam er sich deplaziert vor mit seiner Frage, als er in dieses offene arglose Gesicht blickte.

»Ich war auf der Rückreise von Berlin, im Zug.«

»Dann geben Sie mir bitte Ihre Fahrkarte.«

Sie lag bereits griffbereit auf dem Tisch.

»Sie wohnen sehr hübsch hier, Frau Dr. Weber. Wie lange sind Sie denn schon Assistentin bei Professor Seeger?«

»Ich habe nach meiner Promotion vor etwa zwei Jahren angefangen, für ihn zu arbeiten. Er steckte gerade in einem großen Forschungsprojekt, das sich mit deutscher Gegenwartsliteratur beschäftigte.«

»Wie haben Sie vom Mord an seiner Frau, Vera Seeger, erfahren?«

»Martin rief mich am 29. Januar morgens an und teilte mir mit, dass er bei seiner Rückkehr seine Frau ermordet aufgefunden habe. Und dann bat er mich, der Verwaltung mitzuteilen, dass er für drei Wochen krank geschrieben sei.«

Fuchs hatte keine Regung bei der jungen Frau feststellen können, als der Name *Vera Seeger* fiel. Jetzt druckste er herum, denn, wenn er in seinen Recherchen Fortschritte erzielen wollte, musste er mit seiner Bombe rausrücken.

»Ich, ich, also, ich habe aus zuverlässiger Quelle erfahren, dass Sie eine enge Beziehung zu Martin Seeger haben sollen.«

Sie errötete nicht, senkte nur die Augen und schwieg eine Weile. In diese Stille hinein klingelte das Handy von Kommissar Fuchs. Dieses Mal empfand er die Melodie *Üb' immer Treu und Redlichkeit* als peinlich.

»Ja, Torsten. Also, es stimmt. Der Portier hat sie wiedererkannt. Gut. Ich bin mitten in einem Gespräch. Bis bald.« Fuchs atmete auf.

»Ihre Aussage ist richtig. Wir haben dem Portier im Adlon Ihr Foto und die Fotos von Vera und Martin Seeger vorgelegt. *Sie* haben den Professor begleitet … Ja, zurück zu meiner letzten Frage.«

Ursula Weber schlang ihre Arme um den schon stark gewölbten Bauch.

»Ja, wir erwarten in drei Monaten ein Kind. Vor einigen Monaten erhielt ich einen anonymen Brief, die Buchstaben waren aus einer Zeitung ausgeschnitten, der mit den Worten ›eine Wahrsagerin‹ endet. Darin heißt es, dass etwas Schreckliches passiert, wenn ich nicht Schluss mache, und dass sie, die Wahrsagerin, alles über mich weiß. Ich zeigte den Brief Martin und von da an wussten wir, dass seine Frau uns überwachen ließ. Martin zögerte immer wieder, die Scheidung einzureichen, bis dann Vera eines Tages anrief und ihm sagte, dass Naomi ihn wegen Vergewaltigung anzeigen wolle. ›Jetzt weiß ich, dass Vera mich vernichten will, beruflich und gesellschaftlich. Nach der Berlin-Reise werde ich sofort die Scheidung einreichen.‹ An diese Worte erinnere ich mich ganz genau. Denn darauf hatte ich ja seit einem halben Jahr gewartet. Uns war klar, dass Vera Naomi zu einer solch perfiden Lüge angestiftet hatte. Vera und Martin hatten Gütertrennung in der Ehe vereinbart, darauf hatte sie bestanden, denn sie hatte ja ein stattliches Vermögen mit in die Ehe gebracht. Deshalb, so glaubte er, könnte die Scheidung relativ schnell über die Bühne gehen.«

Die Augen des Kommissars hatten sich im Laufe dieses atemlosen Berichts immer mehr geweitet. Noch konnte er die neuen Perspektiven, die sich da auftaten, nicht klar fassen, aber diese Neuigkeiten ließen den Fall in einem neuen Licht erscheinen!

»Würden Sie mir den anonymen Brief bitte übergeben, Frau Dr. Weber?«

Die junge Frau staunte, dass er ihn nicht las, sondern sofort für die Spurenermittler einsteckte.

Auf dem Weg zum Bahnhof versuchte er, das Gehörte einzuordnen und Schlüsse daraus zu ziehen.

Erstens muss ich mir Naomi noch mal vorknöpfen, nicht in ihrer Wohnung, sondern in meinem Büro, das schüchtert ein und setzt sie unter Druck. Zweitens muss ich Seeger beim Kragen packen, weil er im Hotel Adlon seine Assistentin als seine Ehefrau ausgegeben hat. Drittens muss ich Seeger mit der Aussage von Frau Weber konfrontieren, dass Naomi angeblich eine Anzeige wegen Vergewaltigung gegen ihn plante. Viertens könnte der hohe Geldbetrag, den Vera an ihrem Todestag abgehoben hat, für Naomi gedacht gewesen sein – für ihre noch zu erwartende Falschaussage gegen Seeger. Fünftens muss ich recherchieren, ob bereits eine Anzeige von Naomi vorliegt. Sechstens muss ich den anonymen Brief den Kollegen übergeben. Siebtens tun sich neue Perspektiven auf. Weber und Seeger hatten ein Motiv, Vera Seeger aus dem Weg zu räumen. Da ihr Alibi hieb- und stichfest ist, könnte ein Auftragsmord in Frage kommen.

Da sah er das Gesicht der jungen Frau wieder vor sich. *Ewald, einen Besen wirst du fressen müssen, wenn sich hinter diesem Engelsgesicht eine Teufelsfratze verbirgt.* Verwirrt fiel sein Blick auf seine Hände. Er hatte beim Aufzählen seine Finger benutzt.

Während der Rückfahrt im Zug lief seine eigene Scheidungsgeschichte vor seinem inneren Auge ab.

Als Barbara ihm damals während eines Spaziergangs im Luitpoldhain eröffnete, dass sie jemanden kennengelernt habe … Es war Frühling, das Laub der Bäume leuchtete in seinem ersten hellen Grün und Krokusse blühten auf den Wiesen. Sonntagsspaziergänger mit Kindern oder Hunden oder beidem, schienen keine Probleme zu haben, wie er mit Barbara. Sie schwatzten und lachten. Und, obwohl die Sonne schien, verfinsterte sich das Bild des Luitpoldhains für ihn. Wie geschickt sie den Ort gewählt hatte! Hier konnte er nicht anfangen zu toben und zu schreien. Seine Kehle war staubtrocken, als er fragte: »Warum hast du mir das angetan?«

»Du hast nie Zeit für mich, für dich gibt's nur deine Arbeit und wenn du daheim bist, sagst du kaum ein Wort.«

»Ich, ich, versprech' dir, ich werd mich ändern. Wir haben im Augenblick so viele Fälle zu bearbeiten, da wird es halt oft sehr spät und daheim lassen mich die Gedanken über meine Arbeit nicht los.«

»Du hast mir schon so oft versprochen, dass du dich änderst. Ich hab' mir mein Leben anders vorgestellt, Ewald. Ich möchte Schluss machen.« Ihre Stimme hatte etwas Endgültiges.

Da war er weggerannt und eine Woche lang nicht nach Hause gekommen. Dann fing er an, für seine Ehe zu kämpfen, musste aber bald einsehen, dass es zu spät war. Die Weichen waren schon gestellt. In einem Wutanfall zertrümmerte er fast das ganze Geschirr. Barbara ging fort und kam nicht wieder. Dann die zermürbende Scheidungsprozedur. Und irgendwann beschlich ihn ein Schuldgefühl, langsam begriff er, dass sie aus ihrer Sicht recht, und er die Warnzeichen nicht erkannt hatte. Er begriff, dass man schuldig werden konnte, ohne gegen einen Paragrafen zu verstoßen, dass man schuldig werden konnte, ohne dass es einem bewusst war. Und am meisten litt er darunter, dass er keine Gelegenheit bekommen hatte, seine Schuld abzutragen.

»Nürnberg-Hauptbahnhof, Nürnberg-Hauptbahnhof, Sie haben Anschluss zu den Zügen nach Schwabach, Abfahrt 18.58 Uhr, auf Gleis 15, nach Bayreuth, Abfahrt 19.06 Uhr auf Gleis 8 …«

Er war wieder in seiner Stadt, mit der er verwachsen war, wie ein Baum mit seiner Muttererde. Fränkische Laute drangen an sein Ohr.

»Der Dolldi, der alde, der brauchd goar ned dengn, dass a gschaider is wäi iich …«

Als er den Bahnsteig verließ, kam ihm ein sauber und sorgfältig gekleideter Mann in seinem Alter entgegen, doch sein geschultes Auge entlarvte ihn als Sandler. Die langen ungepflegten Haare, die schon lange nicht mehr mit einer Schere in Berührung gekommen waren, das vom Alkohol zerstörte Gesicht, die zerbeulten alten Plastikbeutel …

»Kennsd mi nemmer, Fuchs, iich bin doch der Gerhat. Mir sen alle zwaa ins Holzgattnschulhaus ganger. Hasd ned a mal a boar Euro fiir dein aldn Schöllgameraadn?«

»Sie müssen mich verwechseln«, antwortete der Hauptkommissar kühl und zog es vor, einen weiten Bogen um den Mann zu machen.

Wenn man denen den kleinen Finger gibt, dann wird man sie sein Lebtag nicht mehr los … Wie damals den Fritz, dem hab' ich aus Mitleid ein 5-Mark-Stück zugesteckt und der ist mir bis vor die Haustür hinterhergelaufen und ich hab' ihn auf einen Kaffee mit reingenommen. Jeden Abend stand der Kerl dann vor der Haustür. Bis mir der Kragen platzte.

Inzwischen war der Kommissar an der Bahnhofsbuchhandlung angelangt und starrte auf den Zeitungsständer.

»Wirtschaftskrise zieht immer größere Kreise. Die Nürnberger Bundesanstalt für Arbeit rechnet mit einem Anstieg der Arbeitslosenzahlen. Immer mehr Firmen beantragen Kurzarbeit.«

Da kann ich froh sein, dass ich Beamter bin und heilfroh, dass ich mein sauer Erspartes bei zwei verschiedenen Banken hab' und nur eine kleinere Summe in Aktien.

Er nahm eine Zeitung aus dem Ständer, ging an die Kasse, zahlte und eilte in Richtung Rolltreppe, die ins U-Bahn-Verteilergeschoss fuhr. Bis zu den 20-Uhr-Nachrichten wollte er zu Hause sein.

Eine Trauerfeier
und intime Geständnisse

Schneeregen. Schneematsch. Fußgänger mussten sich vor den matschspritzenden Autos in Sicherheit bringen. Wer nicht rechtzeitig in Deckung ging, sah danach aus, als sei er in einen Tümpel gefallen. Grippewetter. Widerwillig hatte Fuchs den Riesenschirm, den ihm Marianne morgens zugesteckt hatte, und der für zwei Personen ausreichte, unter den Arm genommen. Jetzt war er froh über den Schirm, als er inmitten der Trauergemeinde *Vera Seeger* am offenen Grab stand. Gedämpft hörte man die Fahrgeräusche der Straßenbahnlinie 8, die am Südfriedhof vorbeifuhr.

Alle waren sie gekommen, die akademischen Lehrer, die Repräsentanten aus Wirtschaft und Politik, Vertreter der evangelischen Kirche und der Stadt Nürnberg, *halt alle Großkopferten,* dachte Fuchs, und – eine Menge Neugierige. Monströse Kränze, auf zwei Gestellen arrangiert, *In Liebe, Zum Abschied, In Freundschaft, In Verehrung, In ewigem Gedenken.* Seegers Kranz war über und über mit weißen Rosen geschmückt. *Warum keine roten Rosen,* fragte sich mancher Trauergast. Ein junger Mann hielt einen schwarzen Schirm über den Herrn Pfarrer. Das weiße Beffchen flatterte im Wind und sein Talar wölbte sich über seinen stattlichen Bauch.

»… Fassungslos stehen wir hier und fragen uns und unseren Herrn nach dem *Warum.* Und finden keine Antwort darauf …«

Fuchs beobachtete die Trauergäste. Unter Naomis dunkelbrauner Haut schien eine sonderbare Blässe durchzuschimmern, die dem Braunton etwas Grau beimischte. Tränen rannen ihr über die Wangen.

»Warum musste die Verstorbene so früh und auf so grausame Art und Weise aus dem Leben scheiden?«

Die Miene Professor Seegers wie in Stein gemeißelt. Unbeweglich. Seine Augen ernst, tränenlos.

»Die Wege und Gedanken des Herrn sind manchmal unbegreiflich, doch dürfen wir Ihm vertrauen, dass der Tod nicht das letzte Wort hat …«

Neben Seeger stand vermutlich der Bruder Veras. Im dunklen Pelzmantel, die Pelzmütze in der einen, in der anderen Hand einen winzigen schwarzen Schirm. Er starrte zu Boden.

»Im Glauben an die Auferstehung Jesu Christi sind wir überzeugt ...«
Neben ihm vermutlich seine Frau, die Schwägerin Seegers. Wie aus einem Pariser Modejournal. Ihr Pelzmantel in schwarz-weißen Längsstreifen, ein schwarzer Hut, fast so groß wie ein Regenschirm und auffällig große Ohrgehänge. Stark geschminkt, eine getönte Brille schuf Distanz und verbarg ihren Blick. Ihre Miene eher unbeteiligt.

«... dass unser Leben nicht mit dem Tod endet, sondern dass es ein Wiedersehen ...«
Ihre Freundin Anita Bürger mit rot verweinten Augen und einem zerknüllten Taschentuch in der einen und einem Strauß gelber Rosen in der anderen Hand.

»... in der himmlischen Herrlichkeit geben wird. Behalten wir Vera Seeger in der Erinnerung lebendig. Sie war eine Frau, die für die Sorgen und Nöte ihrer Mitmenschen ...«
Naomi begann, laut zu schluchzen.
»... besonders der Benachteiligten und Außenseiter, immer ein offenes Ohr hatte. Frau Seeger engagierte sich auch für die sozialen Belange der Kirche und hat in ihrem Berufsleben in leitender Stellung in unserer Stadtbibliothek neue Akzente gesetzt. Legendär waren ihre innovativen Ideen zur Konzeption von Ausstellungen und zur Präsentation von Archivmaterial. Ihre Neuerungen wurden Vorbild für andere Städte in Deutschland und darüber hinaus.«
Fuchs trat von einem Fuß auf den anderen, seine Füße waren eiskalt und zu seinem Ärger stellte er fest, dass Regenwasser in seinen rechten Stiefelschaft getropft war.
»Ihre Fürsorge galt ihrer Familie, allen voran ihrem Ehemann Martin, dem sie stets treu zur Seite gestanden war, ihren Eltern und ihrem Bruder Stefan.«
Professor Seeger blickte verstohlen auf seine Armbanduhr.
»Gedenken wir aber auch in dieser schweren Stunde *dem* Menschen, der schwere Schuld auf sich geladen und das Leben von Vera Seeger ausgelöscht hat. Gott vergibt denen, die ihre Sünden aufrichtig bereuen und zur Umkehr bereit sind. So sind auch wir aufgerufen, ihm eines Tages zu vergeben. Wie es im *Vaterunser* heißt: ›Vergib uns unsere Schuld, wie auch wir vergeben unseren Schuldigern.‹ Gott gebe der Verstorbenen die ewige Ruhe und nehme sie dereinst in sein himmlisches Reich auf. Amen.«
Anschließend hielten ein Stadtrat, den Fuchs nicht kannte, die Vorsitzenden der Vereine *Iglu* und *Netz*, ein Herr aus dem Kulturreferat, und die Leiterin der Stadtbibliothek kurze Ansprachen. Der Tenor: Vera Seeger

hinterlässt eine große Lücke, ihr Engagement war bewundernswert, ihre Unterstützung im sozialen Bereich vorbildlich, ihre Ideen haben neue Akzente gesetzt und … *Blablabla,* dachte Fuchs. *Alle Verstorbenen kriegen bei ihrer Beerdigung einen Heiligenschein.*

Er zupfte Torsten, der in Tränen aufgelöst war, am Ärmel und zog ihn weg. Am Grab stimmte ein Quintett Mozarts *Adagio B-Dur* an. Jeder Musiker wurde von zwei Männern fürsorglich beschirmt. Fuchs und Ritter begegneten einem Kollegen, der dezent Fotos geschossen hatte. Alle Gesichter der Trauergemeinde würden ausgewertet und Seeger vorgelegt werden.

»Kannst du mir sagen, warum du heulst, du hast doch die Tote gar nicht gekannt«, wandte sich der Kommissar an seinen jungen Mitarbeiter, als sie im Auto saßen.

»Ich heul' auf jeder Beerdigung, Chef«, gab der zurück und schnäuzte sich in sein blau-weiß kariertes Taschentuch.

»Was machst du denn am Wochenende, Torsten?«

»Ich werd' meinen Krimi zu Ende lesen.«

»Gehst du gar nicht aus?«

»Nein, Chef.«

»Und gibt's da nicht ein Mädchen, du bist doch ein cooler Typ?«

»Danke, Chef, aber …«

Das Auto rollte Richtung Innenstadt, kurz vor dem Maffeiplatz gerieten sie in einen Stau, *schon wieder eine Baustelle.* Die Kolonne stand. Torsten kaute an seinen Fingernägeln und schwieg.

»Wir kennen uns doch schon so lange, Torsten. Dem alten Fuchs kannst du alles sagen, der quatscht nix aus. Und vielleicht kann er dir als alter Frauenkenner einen Tipp geben.«

Der Kommissar wusste längst, wo bei dem jungen Mann der Schuh drückte.

»Na, ja, ich bin in einem Weiberhaushalt aufgewachsen, von meiner Großmutter aufgezogen worden, meine Mutter musste arbeiten, beim Fischhändler Kalle war sie Verkäuferin, wenn ich an sie denke, hab' ich immer diesen Fischgeruch in der Nase. Der ging nicht weg, auch wenn sie gebadet und ihre Haare gewaschen hatte. Mein Vater ist gestorben, als ich zwei war. Lungenkrebs. Kann mich nicht an ihn erinnern … Als ich das Abitur in der Tasche hatte, hat mich mein Onkel zu sich kommen lassen – er war mein Vormund – und hat mich gefragt, was ich werden will. ›Kommissar‹, hab' ich gesagt. Und er: ›Na, denn mach' mal, du Landratte.‹ Er ist nämlich viele Jahre zur See gefahren. ›Aber jetzt musst du endlich

49

raus in die Welt, weg von den Schürzenzipfeln‹, meinte er. Und so bin ich von Kiel nach Nürnberg gekommen. Und jetzt fragt der Onkel bei jedem Telefonat: ›Na, Torsten, haste nun 'ne flotte Biene kennengelernt?‹ Aber, Chef, ich trau mich nicht, ein Mädchen anzusprechen.«

Fuchs hatte aufmerksam zugehört und schielte vorsichtig zu Torsten hinüber, der immer noch an seinen Fingernägeln kaute. Jetzt ging's endlich wieder weiter, wenn auch auf Raten. Das Kaufhaus Horten tauchte vor ihnen auf. Die Ampel sprang auf Rot.

»Ja, Torsten, du brauchst auch gar kein Mädchen anquatschen. Halt einfach deine Augen und Ohren offen. Im Alltag gibt's genug Gelegenheiten, ins Gespräch zu kommen, das ergibt sich von selbst, frag' einfach etwas, und du wirst sehen, ob das Mädchen interessiert ist. Das kann in der U-Bahn, im Haus, in dem man wohnt, in der Kantine, auf dem Weg zur Arbeit oder beim Einkaufen sein. Aber reden musst du schon selbst, das kann dir der alte Fuchs nicht abnehmen.«

Der Kommissar wandte sich Torsten zu und schmunzelte.

Der hatte himbeerrote Ohren bekommen.

»Einmal klappt's schon. Aber damit ich's nicht vergesse, Torsten. Für morgen vereinbarst du Termine mit den Vorsitzenden vom *Iglu* und vom *Netz*. Es geht vor allem um die Rolle, die Frau Seeger dort gespielt hat. Versuch rauszukriegen, in welcher Höhe ihre Spenden lagen. Und ob sie dort mit einigen Frauen nähere Kontakte hatte.«

Der Kommissar hatte das Gespräch auf sicheren neutralen Boden gelenkt, damit Torstens Selbstbewusstsein wieder ins Lot kam.

»Wird gemacht, Chef. Was gibt's bei Ihnen Neues?«

»Ich muss mir Naomi noch mal vorknöpfen. Vera Seeger hat ihrem Mann damit gedroht, dass Naomi ihn wegen Vergewaltigung anzeigen will.«

»Und was halten Sie davon, Chef?«

»Warten wir's ab«.

Fuchs war mit Spekulationen bei Torsten eher vorsichtig, sein Assistent sollte bei ihm lernen, dass man sich auf Ergebnisse und Fakten stützen musste und nicht auf Vermutungen.

Fuchs fühlt Naomi auf den Zahn

Als Ritter am nächsten Morgen gegen 8 Uhr die Tür zum Büro öffnete, saß Fuchs an seinem leeren Schreibtisch und trommelte mit seinen Fingerkuppen auf die Platte. Der PC war ausgeschaltet. Auf sein »Guten Morgen« hörte Ritter nur ein tiefes Brummen. Ritter nahm sich eine Akte und fing an zu arbeiten. Fuchs versuchte, seine Wut auf den Fall Vera Seeger nicht überschäumen zu lassen. Hatte er nicht – auf sanften Druck von oben – Konflikttrainingskurse und Seminare über gewaltfreie Kommunikation besucht, die, als dienstliche Fortbildungen getarnt, zum Pflichtprogramm gehörten? Zunächst widerwillig, dann, in der dritten Kursstunde ging ihm auf, dass das Ganze doch einen Sinn haben könnte. Vor allem sah er immer wieder sich selbst in den Rollenspielen, Ewald Fuchs persönlich, dem man einen Spiegel vorhielt. Jetzt war er wütend, Naomi ein zweites Mal befragen zu müssen, weil Vera Seeger ihrem Mann mit dieser Vergewaltigungsgeschichte gedroht hatte. Naomi, der er, seinem Instinkt nach, nichts Böses zutraute. Heute war er sogar wütend, Kommissar geworden zu sein und nicht Straßenbahnfahrer oder Bäcker. Da klopfte es an der Tür. Schüchtern trat Naomi ein und blieb an der Tür stehen.

»Kommen Sie nur herein, und setzen Sie sich auf diesen Stuhl«, sagte der Kommissar, um Sachlichkeit bemüht. Naomi setzte sich auf die Stuhlkante und Fuchs sah die Angst in ihren Augen.

»Wissen Sie, warum ich Sie noch einmal verhören muss?«, redete er um den heißen Brei herum.

»Nein.«

Eine kaum vernehmbare Stimme.

Ritter tat so, als studiere er seine Akte, war aber ganz Ohr.

»Wir haben aus zuverlässiger Quelle erfahren, dass Sie eine Anzeige gegen Martin Seeger machen wollen, weil er Sie vergewaltigt haben soll.«

Fuchs legte die Stirn in Falten.

»Können Sie mich verstehen, oder müssen wir einen Dolmetscher holen?«

»Ich alles verstehen.«

Sie rieb ihre Hände gegeneinander, als sei ihr kalt und suchte nach Worten.

»Ich nicht Anzeige machen. Professor Seeger mich nie anfassen, nie, nie Gewalt, nie. Ich schwöre.«

Fuchs durchbohrte sie fast mit seinen Blicken.

»Aber Vera Seeger hat ihrem Mann erzählt, dass Sie eine Anzeige machen wollten, weil der Professor Sie vergewaltigt haben soll.«

»Das ist Lüge!«

Naomi hielt dem Blick von Fuchs stand.

»Wollen Sie sagen, dass Frau Seeger gelogen hat?«

Fuchs hasste es, gerade bei dieser traumatisierten Asylantin so unerbittlich vorgehen zu müssen. Naomi schwieg, senkte den Kopf und der Kommissar sah, dass Tränen auf ihre Handrücken tropften.

»Haben Sie Geld von Vera Seeger bekommen, viel Geld, damit Sie diese Anzeige machen?«

Seine Stimme klang hart.

»Nein, kein Geld bekommen. Nur Geschenke und Kleider, hab' ich schon gesagt.« Ihre Stimme kippte und man hörte leises Schluchzen.

»Ich kann auch anders, Naomi. Wir werden Ihr Konto und das Konto Ihres Freundes überprüfen lassen.«

Naomis Schluchzen verebbte und sie wurde steif wie eine Puppe. Feindselig starrte sie den Kommissar an.

»Warten Sie draußen im Gang. Wir holen Sie dann herein, wenn das Protokoll fertig ist. Das müssen Sie unterschreiben.«

Wortlos erhob sich Naomi und ging mit schleppenden Schritten hinaus, als trüge sie eine schwere Last. Als die Formalitäten erledigt waren, und Naomi grußlos gegangen war, hielt es Torsten nicht länger aus.

»Chef, warum glauben Sie ihr nicht? Ich bin sicher, sie sagt die Wahrheit.«

»Torsten, mit *Glauben* können wir nicht arbeiten, das ist Sache der Pastoren. Wir haben die Aussage von Ursula Weber, dass es diesen Telefonanruf von Vera Seeger an ihren Mann gab, in dem sie ihm mitteilte, dass Naomi eine Anzeige wegen Vergewaltigung gegen ihn plane. Das Telefonat fiel in die Phase, als Frau Seeger ahnte, sie würde ihren Mann verlieren. War es eine leere Drohung, dann hat Naomi die Wahrheit gesagt. Wenn nicht … Aber da ist noch die Geldsache. Vera Seeger hat an ihrem Todestag 100 000 Euro abgehoben. Für wen? Wurde sie erpresst? War es für Naomi gedacht, dass sie diese Anzeige macht, obwohl es keine Vergewaltigung gab? Wenn wir die Ergebnisse der Fingerabdrücke haben, wird sich der Nebel lichten. Inzwischen müssen wir die Konten von Naomi und Wang Li überprüfen lassen, da muss ich mir grünes Licht von oben holen. Wenn da nichts gefunden wird, dann will ich eine Haus-durchsuchung. Der Vogel pfeift nur, wenn man ihm den Wurm vorhält. So, Torsten, ich geh dann mal nach oben. Wann hast du deine Termine beim *Iglu* und beim *Netz?*«

»Heut' Nachmittag, Chef.«

Diesmal glich Torstens Kopf einem Bienenstock. Er legte seine Akte weg und analysierte das Gehörte, wie er es auch bei jedem Kriminalroman und jedem Fernsehkrimi tat. Irgendwie dämmerte es ihm, dass die realen Fälle meist viel komplizierter waren als in seinen Krimis. Fuchs kam an diesem Tag nicht mehr in sein Büro zurück.

Verhör des Juweliers

E s traf sich gut, dass das Juweliergeschäft Eigner in der Nähe des Münchner Hauptbahnhofs lag. Fuchs war mit dem Zug angereist. Ein weiß-blauer Himmel empfing ihn und in der Luft lag ein erstes Frühlingsahnen. Der Fön hatte die bayerische Metropole fest im Griff. Von Weitem grüßten die Türme der Frauenkirche herüber. Bei der Abfahrt von Nürnberg war es um null Grad, das Thermometer vor dem Hauptbahnhof in München zeigte 12 Grad plus an, und das im Februar!

Nachher geh ich zum Weißwurstessen, nahm er sich vor. *Ich muss doch testen, ob mir das Münchner Bier besser schmeckt als unser Tucher.*

Vor der Auslage des Juweliergeschäfts blieb er stehen und las: *Juwelier Eigner – seit 1880 in Familienbesitz. Königlich-bayerischer Hoflieferant.*

Gut gelaunt betrat er den Laden. Ja, er hatte Recht mit der Vermutung, das war der Herr, der während der Trauerfeier rechts neben dem Professor gestanden war. Heute im grauen Flanellanzug, darunter trug er ein helles Seidenhemd und eine gemusterte Krawatte, die mit einer goldenen Nadel am Hemd befestigt war. Als Fuchs Stefan Eigner ins Gesicht blickte, fiel ihm als erstes dessen fliehendes Kinn auf. Man sagt, solche Leute könnten sich nicht durchsetzen. Dann die dunklen, melancholischen Augen. Kunden waren nicht im Laden. Der Juwelier stand an der Theke aus Glas, in der die erlesensten Schmuckstücke präsentiert wurden. Der Blick des Kommissars blieb kurz an einer goldenen Brosche hängen, die in Form eines Labyrinths gestaltet war, in der Mitte mit einer schwarzen Perle. Keines der Schmuckstücke war mit einem Preis versehen. Routinemäßig zeigte Fuchs seinen Ausweis vor.

»Das wäre nicht nötig gewesen, Herr Kommissar. Kommen Sie, wir gehen nach hinten in mein Büro, mein Sohn wird inzwischen im Laden bleiben.«

Eine weiche Stimme, stellte Fuchs fest.

Das Büro wirkte kühl mit seinen Blau- und Weißtönen, die Möbel, mit ihren kühnen Rundungen, erinnerten Fuchs an die Inneneinrichtung eines Raumschiffs, die er einmal in einem Science-Fiction-Film im Fernsehen gesehen hatte. Auf dem Schreibtisch stand eine getreue Nachbildung der Büste der Nofretete.

»Ein Prachtstück, Herr Eigner, mein Kompliment«, sagte Fuchs anerkennend. »Wo haben Sie das Replikat denn erworben?«

»Direkt in Ägypten. Ach, wissen Sie, ich fliege jedes Jahr im Urlaub nach Ägypten und nehme an Ausgrabungen und Forschungen teil. Ich habe Ägyptologie studiert.«

»Und dann haben Sie auf Juwelier umgesattelt.«

»Das Leben spielt oft anders, als man plant«, seufzte Herr Eigner. »Mein Vater hat es fertiggebracht, mich zu überzeugen, dass ich als Juwelier bessere finanzielle Aussichten hätte, außerdem war ich sein Nachfolger, das Geschäft ist seit fünf Generationen in Familienbesitz. Zum Trost gab er mir mit auf den Weg: ›Stefan, selbst Goethe hätte nicht von seiner Dichtung leben können. Er war in Staatsdiensten. Mach's wie er, dein Brot verdienst du hier im Juwelierladen und die Ägyptologie behältst du als Hobby.‹«

Eigner lächelte, aber es war ein resigniertes Lächeln.

»Ihr Schwager hat mir erzählt, dass es vor etwa einem Jahr zu Unstimmigkeiten zwischen Ihnen und Ihrer Schwester Vera gekommen sei. Es sei um eine Erbangelegenheit gegangen«, steuerte Fuchs mit vollen Segeln auf sein Ziel zu.

»Ja, nach dem Tod des Vaters. Ich habe das Juweliergeschäft geerbt, Vera die elterliche Villa in München, und jeder von uns die Hälfte des Barvermögens. Das war sehr gerecht aufgeteilt. Aber Vera spannte ihren Anwalt ein, der mir schrieb, dass der Kundenstamm, den ich von meinem Vater übernommen habe, einen erheblichen Wert darstelle und der müsse auch berücksichtigt werden. Ich habe meiner Schwester vor allem übel genommen, dass sie sich, ohne Rücksprache mit mir, an einen Anwalt gewandt hatte. Wir haben uns doch immer gut verstanden.«

»Und was ist bei der ganzen Sache herausgekommen, Herr Eigner?« Fuchs ließ nicht locker.

»Nun, wir haben uns geeinigt. Unsere Anwälte haben eine Summe fest gelegt, wie viel dieser Kundenstamm wert ist, und davon bekam sie ein Drittel. Man musste berücksichtigen, dass ich schon Jahrzehnte lang im Geschäft meines Vaters mitgearbeitet hatte.«

Der Kommissar hatte vor, noch tiefer in Eigners Gedanken- und Gefühlswelt einzudringen, um ein lebendiges und möglichst vollständiges Bild von der Geschwisterbeziehung zu erhalten, aber er spürte, dass er bei diesem feinsinnigen Mann vorsichtig vorgehen musste.

»Was war der hervorstechendste Charakterzug Ihrer Schwester?«

»Vera engagierte sich selbstlos für Benachteiligte und Hilfsbedürftige.«

»Galt dieses Engagement auch für ihre eigene Familie?«, tastete Fuchs sich vor.

Eigner legte die Stirn in Falten und tippte mit dem Zeigefinger an seine Nase, dann fing er an, mit einem silbernen Brieföffner, der mit zahllosen Diamanten besetzt war, zu spielen. Es sah aus, als wolle er Zeit gewinnen, um sich seine Worte sehr gut zu überlegen.

»Vera war immer großzügig, auch mir gegenüber, aber nur, wenn alles nach ihrem Kopf ging. Seit unserer Kindheit war sie die Dominante in unserer Geschwisterbeziehung und hat auch bei den Eltern alles erreicht, was sie wollte. Meist war sie sehr diplomatisch, aber wenn sie auf diese Weise nicht vorwärtskam, konnte sie auch mit dem Kopf durch die Wand gehen. Ich habe sie immer bewundert, denn sie lebte äußerst diszipliniert. Ich weiß nicht, wie sie reagiert hätte, wenn jemand aus der eigenen Familie ihre Hilfe und Unterstützung gebraucht hätte, damit meine ich nicht nur finanzielle Hilfe, ich weiß es wirklich nicht.«

»Wussten Sie von der Affäre ihres Mannes?«

»Nur am Rande. Vera hat die Affäre nicht ernst genommen. ›Er wird reumütig wieder zu mir zurück kommen, wenn er von diesem Flittchen genug hat‹, hat sie einmal zu mir gesagt.«

Fuchs fuhr mit seiner Zunge über seine Schnurrbartspitzen und ließ dann die Katze aus dem Sack.

»Wussten Sie, dass die Geliebte des Professors ein Kind von ihm erwartet?«

»Nein, das hat Vera mir nicht erzählt«, wunderte sich Eigner.

»Vor einiger Zeit hat Ihre Schwester ihrem Mann mitgeteilt, dass das Hausmädchen Naomi eine Anzeige gegen Ihren Schwager plant. Martin Seeger soll das Mädchen vergewaltigt haben.«

»So ein Unsinn«, rief der Juwelier empört.

»Herr Eigner, Ihre Schwester hat an ihrem Todestag 100 000 Euro in bar von ihrem Konto abgehoben. Haben Sie eine Ahnung, wofür sie dieses Geld verwenden wollte?« Überraschungsangriff.

Eigner zog eine Augenbraue hoch. »Bar, sagten Sie? Sieht verdammt nach Erpressung aus. Ich habe keine Ahnung.«

»Sie waren ja eine Vertrauensperson für Ihre Schwester Vera. Wir gehen davon aus, dass sie an ihrem Todestag und drei Tage vorher mit jemandem verabredet war, jedenfalls hat sie am 28. Januar 2009 um 17 Uhr ein Kreuz in ihrem Terminkalender gemacht, aber keinen Namen dazu geschrieben. Hat sie Ihnen gesagt, mit wem sie sich treffen wollte?«

»Nein … Mein Gott, das ist ja furchtbar. Sie war praktisch mit ihrem

Mörder verabredet und hat ihm die Tür geöffnet ... Nein, ich habe keine Ahnung, mit wem sie sich getroffen hat.«

Erregt war der Juwelier aufgestanden.

»Wo waren *Sie* am 28. Januar zwischen 17 und 20 Uhr?«

»Ich war bis 18.30 Uhr im Laden und dann bin ich nach Hause gefahren ... Um etwa 19.15 Uhr war ich zu Hause. Meine Mitarbeiterin Else Söder und meine Frau können das bezeugen.«

»Ich danke Ihnen für Ihre Auskünfte, Herr Eigner.«

»Was werden Sie jetzt unternehmen, Herr Hauptkommissar?«

»Im Einzelnen kann ich das jetzt nicht sagen. Aber, seien Sie versichert, dass wir alles tun werden, um den Fall zu klären.«

Und dann machte sich Fuchs zu seinen Weißwürsten auf. Das Wasser lief ihm schon im Mund zusammen, aber, ob ihm das Paulaner oder das Tucher besser schmeckte, konnte er beim besten Willen nicht entscheiden. An jenem Tag schmeckte ihm das Paulaner vorzüglich, es blieb nicht bei einer Maß, schließlich brachte ihn die Deutsche Bundesbahn sicher nach Hause.

Ein Geheimversteck gibt seinen Inhalt preis

Fuchs spitzte die Lippen, als er die Berichte las und Torsten hörte nach einer Weile einen langen Seufzer. Ob das ein gutes oder schlechtes Zeichen war, vermochte er nicht zu sagen.

Warum spannt er mich so lange auf die Folter? Aber dieses Mal frag' ich nicht, lieber beiß' ich mir die Zunge ab.

Sein Vorgesetzter öffnete das Fenster und holte tief Luft.

Fehlt nur noch, dass er jetzt Kniebeugen macht.

»Die Überprüfung der Konten von Naomi und Wang Li hat keinen Hinweis auf eine größere Summe ergeben. Die beiden sind arm wie Kirchenmäuse. Und die Hausdurchsuchung war auch ergebnislos. Keine 100 000 Euro unter der Matratze. Was schließt du daraus, Torsten?«

»Iiich …«, stotterte Ritter. »Ich würde sagen, Chef, Vera Seeger hat Naomi dieses Geld nicht gegeben.«

»Und weiter, Kamerad!«

»Hm, schwer zu sagen. Die Wahrscheinlichkeit, dass die Vergewaltigung eine Erfindung Vera Seegers war, wird größer«, dozierte Torsten.

»Gut. Und welchen Schluss kannst du noch ziehen?«

Torsten dachte angestrengt nach und wollte schon wieder anfangen, an seinen Fingernägeln zu kauen, als Fuchs drohte: »Ich hol' gleich Senf aus der Kantine und streich' ihn dir auf deine Nägel!«

»Entschuldigung, Chef.« *Das müsste ich aber auch mit seinem Schnurrbart tun,* dachte er und versuchte, sich das Ergebnis vorzustellen. Um Fassung ringend, sagte er: »Ja, ich weiß nicht recht, Chef.«

»Das heißt auch, dass die Aussage Naomis glaubwürdiger wird, von Vera Seegers Intrige nichts gewusst zu haben. Aber es ist noch kein Beweis. Auch Veras Bruder konnte sich nicht vorstellen, dass sein Schwager das Hausmädchen vergewaltigt haben soll. Die Frage, wozu Frau Seeger dieses Geld verwendet hat, sitzt uns aber weiterhin ungeklärt im Nacken.«

Fuchs schloss seine Akte so heftig, dass ein Knall zu hören war.

»Torsten. Du kannst jetzt gleich zu neuen Taten starten.«

Ritter sah ihn fragend an, was jetzt wohl auf ihn zukam. »Du klapperst alle Nachbarn der Seegers in der Novalisstraße ab, vielleicht hat jemand am 28. Januar zwischen 17 und 18 Uhr Schüsse oder Schreie gehört, oder jemanden im Garten oder in der Nähe der Villa gesehen. Leg' mir dann deinen Bericht vor. Wir können gemeinsam hinfahren, ich hab' jetzt bei Seeger einen Termin. Mal sehn, wie er auf die krude Behauptung seiner Frau reagiert. Und die Fotos von der Beerdigung nehm' ich gleich mit.«

Es hatte in der Nacht kräftig geschneit, die Straßen waren geräumt, aber die Dächer hatten dicke Schneehauben. Ein Postkartenmotiv, dachte Fuchs, als er vom Hauptbahnhof Richtung Rathenauplatz fuhr. Auf der Stadtmauer lagen etwa zehn Zentimeter Schnee und ein paar Lausbuben waren hoch geklettert und warfen Schneebälle in den Stadtgraben, manchmal trafen sie sogar einen Fußgänger, der sich fluchend den Schnee vom Mantel klopfte. Jetzt bog Fuchs vom Rathenauplatz nach rechts in die Sulzbacher Straße ab. Kurz vor dem Stresemannplatz stockte die Autoschlange. Eine Baustelle. Die Straße war halbseitig gesperrt. Ritter saß auf dem Beifahrersitz und machte sich Notizen für seine Gespräche mit den Nachbarn. Fuchs schaltete das Autoradio ein.

»Mit weiteren Schneefällen ist zu rechnen. Autofahrer müssen sich auf winterliche Straßenverhältnisse einstellen. Die Temperaturen fallen nachts auf minus fünf Grad. Das war der Verkehrsservice …«

Wenige Meter vor dem Dienstwagen rutschte eine Frau aus, taumelte ein paar Schritte mit weit ausgebreiteten Armen, und fiel dann wie in Zeitlupe auf die Straße. Fuchs bremste scharf. Ritter stieg aus und half der Frau auf. »Haben Sie sich verletzt?«

»Naa, Unkraud vergäid ned. Und Dankschee, dass' mer g'holfen ham«, sagte die Frau in breitestem Fränkisch und humpelte auf die andere Straßenseite.

Die Kolonne setzte sich wieder in Bewegung.

»Der Radioheini hätte auch die Fußgänger warnen sollen«, murmelte Fuchs. »Zwei Spuren im Schnee …«, tönte es aus dem Radio. Fuchs bog links in die Eichendorffstraße ein und nach einer kurzen Strecke in die Novalisstraße. Hier lag Schnee auf der Fahrbahn, der von den Autos platt gewalzt worden war. Kurz vor der Seeger-Villa kam das Auto, obwohl es sehr langsam fuhr, ins Rutschen und nach einem sauberen S am Randstein zum Stehen.

Ritter machte sich ans Klinkenputzen bei den Nachbarn. Bijoux saß vor der Gartentür, als habe sie auf Fuchs gewartet. Er beugte sich zu ihr hinunter und streichelte die Katze, die bald zu schnurren anfing. »Na, Mieze, wir zwei sind wohl schon Freunde geworden.« Bijoux folgte ihm bis zur Haustür und wischte flink hinein.

Seeger wirkte auf den Kommissar heute fahrig und nervös. Fuchs hatte ihm keinen Anhaltspunkt gegeben, weshalb er noch einmal mit ihm sprechen wollte. Hingebungsvoll putzte Bijoux ihre Pfoten, die vom Schnee nass geworden waren. Der Kommissar, durch und durch Realist, bewunderte die Eleganz des Tieres bei der Katzenwäsche.

»Herr Professor, Ihre Assistentin, Frau Dr. Weber, erzählte mir von einem Anruf Ihrer Frau, einige Wochen vor ihrem Tod. Ihre Frau soll Ihnen mitgeteilt haben, dass Naomi eine Anzeige gegen Sie plane, weil Sie das Mädchen vergewaltigt haben sollen.«

Eine Unmutsfalte bildete sich auf Seegers Denkerstirn.

»Mir war sofort klar, Herr Hauptkommissar, dass die Idee wohl von meiner Frau stammen müsse. Ich hoffe, Sie glauben mir, dass ich Naomi nie angefasst habe und bei Gott nicht der Typ bin, der auch nur einen Gedanken an eine Gewaltanwendung bei einer Frau verschwendet. Vera wurde langsam klar, dass ich mich von ihr trennen wollte, deshalb versuchte sie, mir zu schaden, meine Zukunft zu zerstören. Ob sie Naomi zu einer fingierten Anzeige hätte zwingen können, weiß ich nicht, aber meine Frau hatte einen eisernen Willen. Was sie sich in den Kopf setzte, das setzte sie auch durch. Ich hatte mir so sehr eine Trennung in Würde und Freundschaft gewünscht. Meine Frau schätzte ich immer noch, ich hatte ihr viel zu verdanken, aber wir hatten uns auseinandergelebt.«

Seeger stand auf und holte aus seiner Bar zwei Gläser und eine dickbauchige Flasche Cognac. »Darf ich Ihnen einen Cognac anbieten, Herr Hauptkommissar?«

»Leider bin ich mit dem Wagen da, aber ich nehme gern ein Glas Wasser.«

Seeger holte das Gewünschte und goss sich einen doppelten Cognac ein.

»Herr Professor, ich habe Ihnen Fotos von der Trauerfeier Ihrer Frau mitgebracht. Sie können sie in Ruhe anschauen und mich dann anrufen, wenn Sie jemanden entdecken, mit dem Ihre Frau jemals Streit hatte – oder Intrigen oder Mobbing im Spiel waren. Ihre Aussage zum Fall Naomi war für uns sehr wertvoll, ich danke Ihnen.«

Bijoux hatte sich auf dem Sofa zusammengerollt und schien zu schlafen. Da fuhr ein Schwerlastzug mit donnerndem Getöse vorbei. Die Katze sprang erschrocken auf und flitzte über den niedrigen Couchtisch, dabei stieß sie die afrikanische Skulptur um, die eine Mutter mit ihrem Kind auf dem Rücken darstellte. Die Figur zerbrach in zwei Teile. Ein weißes Leinensäckchen und ein kleines Fläschchen fielen heraus. Seeger zuckte zusammen, griff nach dem Säckchen und öffnete es.

»Irgend ein Pulver ist da drin, Herr Hauptkommissar.«

Dann öffnete er das Fläschchen und schnupperte.

»Hm, ich hatte keine Ahnung, dass in der Figur etwas versteckt war.«

Der Professor war blass geworden. Fuchs untersuchte die Figur. Sie bestand aus zwei Teilen, die man ineinanderstecken konnte, ohne dass man der Skulptur ihr Geheimnis von außen ansah.

»Ich muss Sie bitten, mir das Säckchen und das Fläschchen zu überlassen. Wir müssen den Inhalt untersuchen.«

Fingerabdrücke

Pünktlich zur Frühstückspause lag die Post für Hauptkommissar Fuchs auf seinem Schreibtisch. Ein Brief vom Erkennungsdienst und einer von der Gerichtsmedizin.

»Jetzt trink' ich erst mal meinen Kaffee«, entschied Fuchs.

»Ich würde die Briefe gleich aufmachen, sonst würde ich vor Neugier platzen«, gestand Torsten.

»Das ist eben der Unterschied, ich bin ein alter Hase, besser gesagt, ein alter Fuchs, und du bist ein junger«

»Danke, für das Kompliment, Chef«, gab Torsten zurück.

Da klingelte das Telefon.

»Kann man denn nicht einmal in Ruhe frühstücken, Herrgott noch mal«, donnerte der Kommissar. Doch am Telefon wurde seine Stimme zahm, wie die eines Lämmchens.

»Wird sofort erledigt, jawoll.«

Fuchs legte den Hörer auf. »Na, wer wird's schon gewesen sein, unser Oberster. In einer Stunde soll ich zum Rapport.«

Er riss die Briefe auf, las sie und fasste für Torsten, dessen Hals immer länger wurde, das Wichtigste zusammen.

»Die Gerichtsmedizin sagt, dass der Schuss in Höhe des Haaransatzes tödlich war, der Streifschuss am Ohr hat nur eine Hautwunde verursacht, der Einschuss in Höhe des dritten Nackenwirbels hätte wahrscheinlich eine Lähmung zur Folge gehabt, wenn Vera Seeger überlebt hätte. Keine anderen Verletzungen. Ein Sexualdelikt scheidet aus. Todeszeitpunkt gegen 18 Uhr. Man hat keine Vergiftungssymptome festgestellt. Das, Torsten, war schon in Laiensprache übersetzt, hier kannst du das Medizinerlatein selbst lesen.«

Fuchs nahm sich den anderen Brief vor. Fingerabdrücke von Vera Seeger, dem Hausmädchen Naomi und von Martin Seeger. Und ein unbekannter Fingerabdruck. Der Kommissar warf seinen PC an, gab den Fingerabdruck ein, und nach einer Weile, die ihm wie eine halbe Ewigkeit vorkam, spuckte der Computer tatsächlich einen Namen aus. Axel Hofer, am 25. Mai 1945 in Nürnberg geboren, Studium von 1966 bis 1970 in Erlangen, Fächer: Germanistik, Philosophie und Anglistik. Vom 18. November 1970 bis 1. Dezember 1974 in der JVA Nürnberg, Drogengeschäfte. Fuchs griff zum Telefonhörer:

»Ja, hier Fuchs, Mordkommission. Ich brauch', so schnell's die Polizei erlaubt, die Akte von Axel Hofer, geboren 25. Mai 1945 in Nürnberg.«

Und bei seinem nächsten Anruf bei der JVA Nürnberg sagte er das gleiche Sprüchlein auf. Torsten Ritter schaute verwundert auf.

»Wow, Chef, jetzt wird's spannend!«

»Ja, du Greenhorn. Hast du deinen Bericht über die Nachbarschaftsbefragung fertig?«

»Noch nicht. Es hat nur Frau Berta Döderlein zwischen 18 Uhr und 18.30 Uhr Schüsse gehört. Allerdings glaubte sie, dass sie zu ihrem Fernsehkrimi gehörten, wunderte sich aber, dass kein Schauspieler über die Schüsse sprach. Als sie erfuhr, dass im Nachbarhaus Vera Seeger erschossen worden war, erinnerte sie sich wieder an die Schüsse. Genau kann sie die Uhrzeit nicht angeben. Und kein Nachbar hat jemanden bei der Seeger-Villa in jener Nacht gesehen.«

»Gut, schreib deinen Bericht fertig. Ich muss zum Chef.«

Als der Kommissar vom Mittagessen in der Kantine zurückkam, lag die Akte *Hofer* aus dem hausinternen Archiv auf seinem Tisch. Zeitungsartikel vom Prozess und der Vorgeschichte lagen bei.

Axel Hofer, Sohn des Bauunternehmers Georg Hofer – *ah, der Baulöwe in Laufamholz* – wurde am 18. November 1970 in Erlangen vor der HNO-Klinik nachts um 2 Uhr zusammen mit drei Personen von Beamten beim Dealen beobachtet. Zwei der unbekannten Personen konnten entkommen, eine Ilona Bergner wurde auf der Flucht angeschossen und starb später an den Folgen der Verletzungen. Man fand in Hofers Studentenbude drei Kilo Haschisch und 250 Gramm Marihuana. Im Prozess beharrte Axel Hofer auf seiner Aussage, dass die Drogen nicht ihm gehörten und er nicht wisse, wie sie in sein Zimmer gekommen seien. Er sei nur ein kleiner Fisch, der fünf Kunden mit Stoff versorgt habe. Vom Erlös habe er seinen eigenen Drogenkonsum bestritten. Der Richter glaubte ihm nicht. Hofer wurde wegen Drogenhandels zu vier Jahren und zehn Monaten verurteilt, aber bereits nach vier Jahren wegen guter Führung entlassen. Sein Bewährungshelfer Karl Moser meldete ihn sechs Monate nach der Entlassung als vermisst, der Vater stellte ebenfalls Vermisstenanzeige. Eine handschriftliche Notiz lautete: untergetaucht.

Darauf folgten kurze Protokolle der Verhöre von Axel Hofers Schwester, Tamina Piontek, und von seinem Vater Georg Hofer.

Verdammt, verdammt, verdammt! Die berühmte Nadel im Heuhaufen! Dann werde ich morgen in Laufamholz beim Baulöwen auftauchen – Moment mal, Georg Hofer ist ja voriges Jahr verstorben und in der Zeitung stand damals, wenn ich mich recht erinnere, dass sein Schwiegersohn Piontek die Firma übernommen hat. Bleibt noch Hofers Schwester Tamina Piontek.

Und der Kommissar trug für den morgigen Tag in seinen Kalender ein: 11 Uhr, Firma Hofer, Laufamholz, Verhör Tamina Piontek.

Anmelden wollte er sich nicht, er wusste, die Aussagen sind spontaner, wenn man überraschend auftauchte, außerdem konnte Axel Hofer vielleicht dort untergetaucht sein.

Die zweite Akte *Axel Hofer* aus der JVA Nürnberg lag bereits auf seinem Schreibtisch, als Fuchs am nächsten Morgen um sieben sein Büro betrat. Noch in Hut und Mantel begann er die Seiten zu überfliegen.

Am Anfang drei Monate Einzelhaft – Drogenentzug erfolgreich – lehnt Arbeit in der Werkstatt ab – wird meist lesend angetroffen – dann mit Ede Stummer in einer Zweierzelle, beide verträglich, nimmt am Sportprogramm teil, dann folgt ein Sonderbericht: Beim Duschen frotzelte ihn ein Mithäftling wegen seiner starken Körperbehaarung an, ob jetzt die Affen auch schon im Knast säßen und ob er Bananen geklaut habe. Hofer streckt den Kumpel mit einem Kinnhaken nieder, wird mit acht Tagen Einzelhaft und Streichung des Hofgangs für vier Wochen bestraft.

Starke Körperbehaarung, muss ich mir merken. Den Rest weiß ich schon, vorzeitig entlassen.

Der oberste Chef hatte für 9 Uhr einen Pressetermin vereinbart und gestern mit Fuchs abgesprochen, was an Informationen freigegeben und was noch unter Verschluss gehalten werden sollte. Fuchs hasste diese Pressetermine. »Wenn es nach mir gehen würde, kämen Informationen erst nach Auflösung des Falles an die Presse, aber es geht ja nicht nach mir«, brummte er in Torsten Ritters Richtung. Bewaffnet mit dürren handschriftlichen Notizen, machte er sich in den Konferenzraum auf.

Am Nachmittag ließ sich Fuchs von seinem Assistenten zum Termin mit Tamina Piontek, geborene Hofer, nach Laufamholz chauffieren, um sich voll auf das Gespräch konzentrieren zu können.

Meine Großmutter ist noch in ihrer Jugend mit dem Huckelkorb voll Obst und Gemüse von Laufamholz zu Fuß zum Hauptmarkt gelaufen und am Abend wieder zurück, ging es ihm durch den Kopf.

Auf dem Firmengelände Hofer kamen ihnen drei Arbeiter entgegen, ein Türke, ein Russe und ein Deutscher. Als die Beamten fragten, wo sie Frau Piontek finden könnten, fingen alle drei gleichzeitig zu sprechen an und in dem sprachlichen Durcheinander war nur die Geste des Türken hilfreich, der mit ausgestrecktem Arm auf ein flaches Gebäude wies. Tamina Piontek saß an ihrem Computer und bearbeitete in beängstigender Geschwindigkeit die Tasten.

»Warten Sie bitte einen Moment«, rief sie den beiden fremden Herren zu.

Der Kommissar sah sich im Büro um. Hier herrschte spartanische Strenge, die billigen Holzmöbel stammten wohl noch vom Senior, Ware aus den Fünfzigerjahren, schätzte er, und was die Ordnung anbetraf, vor ihm saß eine Ordnungsfanatikerin. Die Aktenordner waren in Reih und Glied in den Regalen verstaut, auf dem uralten Schreibtisch aus Sperrholz lagen ein Stift und ein Blatt Papier. Eine wild wuchernde Topfpflanze verdeckte fast die gesamte Fensterscheibe.

»Meine Herren, was kann ich für Sie tun?«, fragte Frau Piontek geschäftsmäßig.

»Hauptkommissar Fuchs und das ist Kommissar Ritter«, stellte er sich und seinen Assistenten vor und zückte seinen Ausweis. »Wir möchten ...«

»Mit unseren Steuern ist alles in Ordnung«, versuchte sie ihm den Wind aus den Segeln zu nehmen.

»Wir sind nicht von der Steuerfahndung, Frau Piontek. Es geht um ihren Bruder Axel Hofer.«

Die Überrumpelung war gelungen. Tamina Piontek sprang auf, schnappte nach Luft wie ein Karpfen auf dem Trockenen und rang nach Worten.

»Ist, ist er – tot, bringen Sie die Todesnachricht oder – lebt er noch?«

»Wir haben Beweise, dass er noch lebt, und sind gekommen, um zu erfahren, wo er sich jetzt aufhält«, ging Fuchs in die Offensive.

»Aber bitte, setzen Sie sich doch, meine Herren. Darf ich Ihnen einen Kaffee machen?«

Beide lehnten ab. Während Tamina Piontek nach Worten suchte, betrachtete Fuchs die Schwester Axel Hofers. Eine stattliche Erscheinung, schwarzes Haar, an den Schläfen leicht ergraut, ein schmaler Mund, als sei er oft zum Schweigen gebracht worden, braune Augen, nicht mehr schlank, aber auch nicht mollig ...

»Wir haben von Axel nichts mehr gehört, seit er vermisst ist. Sie wissen bestimmt, dass er im Gefängnis war und danach verschwunden ist.«

Fuchs nickte.

»Können Sie sich noch erinnern, ob Ihr Bruder nach seiner Haftentlassung zu Ihrem Vater kam und sich vielleicht nach einer Arbeitsstelle in der Firma umsah?«

»Ja, da kann ich mich noch sehr genau erinnern. Ich habe hier im Vorzimmer meines Vaters gearbeitet, die Verbindungstür war ja immer offen, so habe ich alles mitgehört. Mein Vater war nach dem Gespräch außer sich und hat sich wochenlang nicht beruhigen können, so etwas merkt man sich doch.«

»Ja, bitte erzählen Sie, Frau Piontek.«

Das Telefon klingelte.

»Warten Sie, ich stell' das Telefon gleich in die Zentrale um ... Ja, Axel fragte meinen Vater, ob er ihn noch zwei Jahre finanziell unterstützen könne, er habe vor, sein Studium zu beenden. ›Bist du verrückt‹, brüllte der Vater. ›Dein Studium kannst du dir in den Hintern stecken. Fang endlich was zu arbeiten an, dann vergeh'n dir schon die Flausen mit deinen linken Brüdern.‹ Und er bot Axel eine Arbeit in unserer Passauer Filiale an, wo niemand seinen Sohn kannte. Wer die Filiale denn jetzt leite, wollte Axel wissen. Nun, mein Mann hatte sie übernommen, aber mein Bruder konnte seinen Schwager nicht ausstehen. Er lehnte ab. Da fragte Axel den Vater, ob er ihm eine andere Ausbildung – ohne Studium – finanzieren würde. Der Vater war schon in Rage, weil Axel sein Angebot abgelehnt hatte und schrie: ›Keinen Pfennig gibt's mehr von deinem alten Herrn. Hättest du nicht solchen Scheiß gebaut mit den Drogen, dann hättest du dein Studium schon längst in der Tasche.‹

Ich hatte Angst, Vater würde vor Aufregung einen Herzanfall bekommen und ging in sein Büro hinüber. Und ich seh' den Axel noch vor mir, wie er zynisch rief: ›Vater, du hast noch einen viel größeren Scheiß gebaut beim Adolf, du warst nicht nur braun, du warst dunkelbraun.‹ Vater warf meinen Bruder hinaus und schrie ihm hinterher: ›Lass dich hier nie wieder blicken!‹«

Auf den Wangen der Frau bildeten sich dunkelrote Flecken. Schweigend starrte sie auf die Schreibtischplatte.

Dann sagte sie: »Nur zur Information, Herr Kommissar. Mein Vater war nur ein Mitläufer, das kann man nachprüfen, aber der Partei hat er beitreten müssen, sonst hätt' er doch keine Aufträge mehr bekommen, das wär' der Tod für die Firma gewesen, verstehen Sie?«

»Lassen wir die Vergangenheit ruhen, Frau Piontek. Haben Sie im Laufe der Jahre einmal Post oder einen Anruf von Ihrem Bruder bekommen, *Sie* waren ja nicht mit ihm zerstritten?«

»Nein, es war, als sei er tot. Können Sie mir sagen, welche Beweise Sie haben, dass mein Bruder noch lebt, Herr Hauptkommissar?«

»Das darf ich Ihnen leider nicht sagen, Frau Piontek. Aber Sie haben uns mit Ihrem Bericht sehr geholfen, es geht daraus hervor, dass das Zerwürfnis mit Ihrem Vater endgültig gewesen sein muss und es wundert nicht, dass Ihr Vater nichts mehr von ihm gehört hat. Können Sie uns vielleicht Freunde aus der Studienzeit Ihres Bruders nennen, die möglicherweise wissen könnten, wo sich Ihr Bruder aufhält?«

»Da kann ich leider nicht dienen. Axel hat daheim, als er zu studieren anfing, nie etwas von seinen Freunden erzählt.«

Fuchs verabschiedete sich und legte seine Visitenkarte auf den Schreibtisch. »Falls Ihnen noch etwas Wichtiges einfällt, Frau Piontek.«

Torstens leises »Guten Tag« war kaum zu hören.

Noch im Auto forderte der Hauptkommissar per Handy Kollegen an, die bei der Firma Hofer eine Hausdurchsuchung durchführen sollten, und zwar in der Firma und in der Villa, die durch eine hohe Hecke vom Firmengelände getrennt war. Rückendeckung für die Aktion hatte er sich geholt.

Für den nächsten Tag hatte Fuchs Professor Seeger in sein Büro vorgeladen und ihn gebeten, die Fotos von der Beerdigung seiner Frau mitzubringen.

Zunächst schien das Gespräch ganz harmlos zu verlaufen, Fuchs erkundigte sich nach dem Befinden des Professors und wie lange er noch in Nürnberg bleiben werde, bevor er seine Dozententätigkeit in Regensburg wieder aufnehme.

»Mein Arzt hat das Attest um weitere drei Wochen verlängert, ich muss sehr starke Medikamente einnehmen, mein Zustand ist nach wie vor sehr labil. Der Tod meiner Frau hat mich aus der Bahn geworfen«, berichtete Seeger in sachlichem Ton.

»Herr Professor, haben Sie Informationen über einen oder mehrere Trauergäste auf den Fotos von der Beisetzung Ihrer Frau, die für uns relevant sein könnten?«

»Ich habe niemanden entdeckt, mit dem meine Frau jemals Schwierigkeiten gehabt hätte. Ihre Autorität war so gefestigt, dass Sie im Beruf und im Privatleben unangreifbar war. Neben meinem Schwager und seiner Frau waren keine Verwandten anwesend. Die offiziellen Vertreter der Stadt und von kirchlicher Seite haben Vera stets mit Respekt behandelt. Ihre Freundin Anita Bürger war ihr sehr zugetan, die Mitglieder der beiden Verbände waren dankbar für ihre Hilfe und finanzielle Unterstützung. Meine Frau war Schriftführerin und erledigte die gesamte Korrespondenz, es gab da nie Streit. Ich habe keine Freunde aus unseren Studienjahren entdeckt, unser jetziger Freundeskreis war vollzählig anwesend, für diese

Leute kann ich die Hand ins Feuer legen, und die anderen Personen, die mir nicht bekannt sind, dürften vermutlich Neugierige sein.«

»Zeigen Sie uns bitte die Personen, die Sie nicht kennen«, sagte Fuchs in dienstlichem Ton und zeichnete um jede Person, auf die Seeger deutete, einen Kreis. »Sagt Ihnen der Name Axel Hofer etwas?«, fragte er in gleichgültigem Ton.

Seeger zögerte, sein Blick schweifte ab und dann sagte er, ebenso gleichgültig: »Axel Hofer … Axel Hofer. Nie gehört!«

Sein Gegenüber hatte ihn scharf ins Visier genommen, aber es war kein Überraschungseffekt und keine emotionale Regung bei Seeger fest zu stellen.

»Wir werden weiterhin mit größter Sorgfalt im Fall Ihrer Frau ermitteln, Herr Professor«, beendete Fuchs das Gespräch.

Enttäuschung hatte sich im Gesicht des Kommissars breitgemacht. Als Seeger das Büro verlassen hatte, wandte sich Fuchs an Ritter: »Was hältst du von seiner letzten Aussage, Torsten?«

Der Assistent schreckte von seiner Akte hoch: »Ich hab' aufgepasst wie Sherlock Holmes, Chef, aber ich halte die Aussage nur fifty-fifty für glaubwürdig.«

»Bin ganz deiner Meinung. Entweder Seeger kann sich gut verstellen oder er kennt Hofer wirklich nicht. Mir fällt gerade ein, dass beide in Erlangen zur gleichen Zeit studiert haben. Beide Germanistik, Seeger im Nebenfach Theologie. Ich weiß von einer Verwandten, dass die Vorlesungen in Germanistik zwar von mehreren Hundert Studenten besucht werden, aber in den Seminaren sitzt eine überschaubare Anzahl von Teilnehmern. Aber ob die Erlanger Uni damals solche Daten schon gespeichert hat, weiß ich nicht. Pass auf, Torsten, fahr doch gleich mal hin und versuch', dort zu recherchieren. So schnell gibt der Fuchs nicht auf!«

Alte Briefe – neue Perspektiven

D ie Stille. Sie schmerzte. Bis zur Unerträglichkeit. Manchmal dröhnte es in seinem Kopf, obwohl kein Laut zu vernehmen war, das Dröhnen schwoll an und er konnte nicht länger still sitzen bleiben, stand auf, schaltete den Fernseher ein. Jeden Film, jede Diskussion, jedes Ratespiel, jeden Reisebericht und jede Dokumentation blendete er nach wenigen Minuten wieder aus. Alle Sendungen verursachten einen schalen Geschmack auf der Zunge und steigerten nur seine Unruhe. Musik: Beethoven, Bach, Brahms, Mozart, Tschaikowsky – vor Veras Tod entführte sie ihn in eine andere Welt, in der der Körper sich in Klänge auflöste, und stets überkam ihn bei der Musik eine große Ruhe. Jetzt hatte er das Gefühl, dass die Klänge seinen Körper durchbohrten. Nahm er ein Buch zur Hand, konnte er sich nicht konzentrieren und legte es wieder beiseite. Versuchte er, die Tageszeitung zu lesen, verschwammen bald die schwarzen Buchstaben vor seinen Augen und immer und überall schwebte Veras Gesicht vor ihm wie in einem Nebelschleier. Ihr Mund, der sich niemals mehr öffnen würde, ihre Augen, die ins Leere starrten, das Blut in ihren Haaren.

Er barg sein Gesicht in den Händen. Manchmal kam Bijoux zu ihm, sprang auf seinen Schoß und schmiegte sich an ihn. Die Nähe und Wärme ihres weichen Körpers linderten seinen Schmerz, aber nicht lange. Gedanken schwirrten durch seinen Kopf, bis ihm schwindlig wurde, er konnte ihnen nicht entrinnen. Setzte er sich in sein Auto und fuhr hinaus in die Natur, packte ihn plötzlich Angst. Angst, in einen Abgrund zu stürzen, aus dem es keine Wiederkehr gab. Als ob er vor sich selbst fliehen müsste, kehrte er nach Hause zurück. Das Haus aber präsentierte sich ihm feindselig und düster, so setzte er sich wieder in den Wagen und fuhr zu seinem Hausarzt, der ihm nach drei Wochen den Vorschlag unterbreitete, ihn für einige Wochen in eine Klinik zu schicken, wo man ihn *schon wieder hinkriegen* würde. Er schüttelte den Kopf, schluckte die Medikamente, die ihm der Arzt verschrieben hatte, lag nachts wach, grübelte und dachte an Uschi, die er nicht belasten wollte, in ihrem Zustand. Dachte an das ungeborene Kind. Er hatte ihr nichts von seinen Schwierigkeiten erzählt, sie vertröstet, dass er bald nach Regensburg kommen werde. Es gäbe hier so viel zu ordnen nach dem Todesfall.

Dann, an einem grauen, kalten Morgen, entschloss er sich, in Veras Schränken nach Hinweisen zu suchen, die für die Kripo von Bedeutung sein könnten. Aktiv zu handeln wirkte sich positiv auf seinen angeschlagenen Zustand aus. Er hatte jetzt eine Aufgabe. Seine Suche begann Martin Seeger in Veras Schlafzimmer, dem einzigen Raum, der im Rokokostil eingerichtet war. Weiße zierliche Möbel, verspielte Formen, eine Bettdecke aus Seide mit blau-goldenen Rosenranken im chinesischen Stil, die Tapeten im gleichen Farbton gehalten, mit Motiven aus der Mythologie Chinas, mit Drachen, Helden, Tempeln, verzauberten Berglandschaften und Schluchten mit zierlichen Stegen. In Veras Kleiderschrank duftete es nach Lavendel, und er sog die Luft ein, als ob er sie mit diesem Duft zurückholen könnte. Zunächst durchsuchte er ihre Handtaschen, die allerlei Krimskrams enthielten, Kosmetika, alte Rechnungen von Restaurant- oder Cafébesuchen, hauchdünne Schals, einen Brief an eine evangelische Pfarrei, den sie noch zur Post bringen wollte. Martin öffnete und überflog ihn. Es war die Zusage einer Spende in Höhe von 300 Euro. Zwischen ihrer Wäsche lagen getrocknete Rosen aus dem Garten und kleine Duftsäckchen mit Orangenschalen aus Brüsseler Spitze. In der Kleidung fanden sich einige Taschentücher, Notizzettel, ein kleiner Spiegel und ein Lippenstift.

Trotz der Entfremdung war Vera ihm in den letzten drei Jahren Schwester, brillante Gesprächspartnerin und kluge Ehefrau gewesen, die ihm weiterhin den Weg geebnet und ihm manche berufliche Entscheidung nahegelegt hatte. Immer hatte sie ein Gespür für seine Karriere gehabt.

Nun öffnete er die Schublade ihres Nachtkästchens. Medikamente, Taschentücher, eine Taschenlampe, ein Brieföffner aus Silber mit ihren Initialen, ein vergilbtes Foto, auf dem die gesamte Familie Eigner versammelt war. Vera, etwa 14, ein hinreißendes Mädchen, fand er, mit ihrem schwarzen Haar, das sie offen trug, den smaragdgrünen Augen und der filigranen Figur, in einem leichten weißen Sommerkleid. Aus ernsten Augen blickt sie den Betrachter an. Ihr Bruder Stefan, neun Jahre alt, dessen Augen träumerisch ins Weite gerichtet sind. Vera hat ihre Hand auf seine Schulter gelegt, als wolle sie ihn beschützen. Hinter den beiden Kindern der Vater, ein sehr gepflegter Mann mit braunem kurzen Haar, einem weichen Mund und grauen Augen, die zu lächeln schienen. Die Mutter sehr schlank, in einem engen, fast bis an die Knöchel reichenden dunkelroten, transparenten Sommerkleid, mit tiefem Dekolleté, aber kleinen, mädchenhaften Brüsten, das pechschwarze Haar zu einem Knoten gesteckt, hellbraunem Teint – ihre Vorfahrten stammten aus Südfrankreich – und einem sehr disziplinierten Gesichtsausdruck, der ihr eine gewisse Strenge verlieh. Vera hatte Martin erzählt, dass die Mutter bis zu ihrer Heirat Primaballerina gewesen war, der Vater sie im Theater kennengelernt und seinen Eltern gedroht hatte, wenn er sie nicht heiraten dürfe, nähme er sich das Leben. Die Körperhaltung der Mutter kannte er auch bei Vera – es war die einer Tänzerin, voller Anmut und Grazie. Lange blieb Martins Blick an Veras Mutter hängen, mit Fug und Recht konnte man sagen, dass sie eine Schönheit war.

Dann klappte er das untere Fach des Nachtkästchens auf. Unterwäsche aus Seide, die nach Rosen duftete. Er hob ein Stück nach dem anderen hoch, und … da lag ein Bündel, mit einem rosa Seidenband verschnürt. Er zog es heraus – Briefe – und löste das Band. Drehte den ersten Brief um und las den Absender: Axel Hofer, Nürnberg. Die Semesterferien verbrachte Axel damals überwiegend in Nürnberg bei seinen Eltern, während Vera in München bei ihrer Familie war. Zwölf Briefe. Der erste Brief stammte vom 5. August 1968.

Seeger begann zu lesen.

Liebe Vera-Maus!

Jeder Tag ohne dich ist ein verlorener. Ich hoffe in zwei Wochen nach München zu kommen, denn ich soll dort für den Vater geschäftlich etwas erledigen. Derzeit arbeite ich an meiner Seminararbeit, das Thema hat's in sich – Professor Branke wollte es noch mal geändert wissen, es müsse präziser gefasst werden. Jetzt heißt es: Heideggers Spuren im Werk von Ingeborg Bachmann. Für den Herbst haben wir eine Aktion an der Uni geplant, dass einigen Professoren Hören und Sehen vergehen wird. Die Fäden laufen bei mir zusammen, Näheres mündlich.

Gruß und Kuss
Axel

Martin Seeger überflog die anderen Briefe und geriet immer tiefer in die Erinnerungen der gemeinsamen Studienzeit – der wilden 68er-Jahre. Er legte sich auf Veras Bett und schloss die Augen. Fühlte sich wie ein Zuschauer in einem Film, der die Figuren beurteilte, mit ihnen litt, Freude empfand oder sich Fragen stellte, warum das Leben des Studentenquartetts, Axel, Vera, Ilona und sein eigenes, damals so und nicht anders verlaufen war. Ob schon damals die Weichen für die Zukunft gestellt worden waren? Mehr als einmal konnte er sich des Gedankens nicht erwehren, dass der Samen der Vergangenheit einen Baum heranwachsen ließ, dessen Zweige und Äste bis in die Gegenwart reichten.

Da sah er wieder Axel vor sich, mit seinen lockigen schwarzen Haaren, dem wild wuchernden Bart und den zerrissenen Jeans, wie er als Redner auf einem Meeting alle Zuhörer mit seiner glänzenden Rhetorik in seinen Bann zog. Eben hatte er die Ideen von Marx und Engels auf die Situation an der Uni übertragen, erntete tosenden Beifall und, als der Beifall verebbte, trat Vera spontan neben ihn, stellte einige seiner Ideen in Frage, und die Zuhörer waren Zeuge, wie sich ein faszinierendes Duell zwischen den beiden, die nie zuvor ein Wort gewechselt hatten, entwickelte. Beider Geist schien zu funkeln und, wenn man das Ganze aus sportlicher Sicht betrachtete, hätte man sagen können, es war Eins zu Eins ausgegangen. Nachher waren die Cafes und Kneipen mit diskutierenden Studenten überfüllt, Vera und Axel führten ihren Disput weiter, und Martin saß mit Ilona und anderen Kommilitonen mit an deren Tisch.

Ilona hatte er vor einer Woche in der Präsenzbibliothek der Germanisten kennengelernt. Sie fragte ihn nach einem Nachschlagewerk zur Weimarer Klassik. Er hatte ihr beim Suchen geholfen und später waren sie gemeinsam in die Mensa gegangen.

Noch heute seh' ich sie vor mir, wie sie damals vergeblich versuchte, mit dem stumpfen Mensa-Messer einen Hähnchenschenkel zu zerteilen, bis sich ein Mediziner an unserem Tisch erbarmte und ihr zeigte, wo man das Messer ansetzen muss, nämlich genau zwischen den Gelenken. Unsere Zuneigung war an jenem Abend, als wir in der verqualmten Kneipe mit Axel und Vera zusammensaßen, noch ein zartes Band. Wir hörten der Diskussion zu, und, obwohl ich damals sehr schüchtern war, ergriff ich das Wort – möglicherweise wollte ich Ilona imponieren – und warf einen neuen Aspekt in die Diskussion. Ob man die christliche Sozialethik mit den Ideen von Marx in Einklang bringen könne, ob es Überschneidungen gebe und welche Gemeinsamkeiten sich da auftun könnten.

»Ah, da haben wir einen Westentaschen-Christus«, spöttelte Axel auf durchaus sympathische Art. Wir redeten uns die Köpfe heiß und am Ende hatten wir tatsächlich eine gemeinsame Schnittmenge der christlichen Ethik mit der marxschen Lehre gefunden.

Das war die Geburtsstunde unseres Viererpacks, wie uns die Kommilitonen nannten. Die Beziehung Axel – Vera entwickelte sich rasch zu einer amour fou, unsere Zuneigung – Ilonas und die Meinige – wuchs langsam, aber stetig. Alle vier hatten wir das Fach Germanistik gemeinsam, Ilona und ich studierten im Nebenfach Theologie, Veras Zweitfach war Geographie, und Axel studierte Anglistik und Philosophie in den Nebenfächern. Gemeinsam verteilten wir Flugblätter und riskierten eine Anzeige. Bei den Demos marschierten wir in der ersten Reihe mit und bekamen natürlich auch die meisten Prügel von den Bullen, wir organisierten die Meetings und Sit-ins und in den Nächten rauchten unsere Köpfe bei den endlosen Diskussionen. Heute weiß ich, dass wir ziemlich naiv waren, zu glauben, wir könnten eine neue Gesellschaftsordnung schaffen und das Establishment würde uns einfach tatenlos dabei zusehen.

Und dann kam die Krise. Es gab Kommilitonen, die die kriminellen Machenschaften der RAF für notwendig und gut hielten, die Mehrzahl der Studenten aber war für eine gemäßigtere Linie im Rahmen der Legalität. Nachts fand eine Krisensitzung statt und Axel appellierte mit eindringlichen, beschwörenden Worten an die Zuhörer, den legalen Weg nicht zu verlassen. Ein radikaler Kollege, ich glaube, er hieß Siegfried, vielleicht auch Friedrich oder Friedhelm, jedenfalls ein durch und durch teutscher Name, zählte anschließend die Erfolge der RAF auf und versuchte, uns zu überzeugen, dass es keinen anderen Weg gebe, der zum Durchbruch führe. Die Spaltung war perfekt. Axel wurde zum Anführer der Gemäßigten und Siegfried, Friedrich oder Friedhelm zum Anführer der Radikalen. Und irgendwann tauchte der Typ bei einem Meeting auf. Niemand kannte seinen Namen. Er war kein Student, sondern kam etwa alle vier Wochen aus Amsterdam zu unseren Treffen. Seine Drogenkurier-Reisen tarnte er mit einer Ladung Gemüsekisten in seinem kleinen Lieferwagen. Unser Quartett hatte sich bisher von seinen Drogengeschäften fern gehalten. Gerade hatten wir eine erfolgreiche Aktion hinter uns – unser Prof für Germanistik. hatte zugestimmt, seine eineinhalbstündigen Vorlesungen zwanzig Minuten früher zu beenden, um uns Zeit zur Diskussion zu geben. Von den Juristen erzählte man sich, dass sich deren Profs dem Wunsch nach Diskussionen verweigert hatten. Am nächsten Morgen war der große Jura-Hörsaal mit Exkrementen verunreinigt gewesen.

Entsprechend high – auch ohne Haschisch – waren wir an jenem Abend. So hatte der Typ mit uns ein leichtes Spiel. Er redete auf uns ein, dass wir doch gar nicht zur Szene gehörten, wir sollten's doch nur ein Mal probieren, er schenke uns eine kleine Menge, wir würden begeistert sein.

Und wir probierten das Zeug. Glaubten, jederzeit wieder aussteigen zu können. Glaubten, dass unsere Leistungsfähigkeit nicht darunter leiden werde. Und stiegen irgendwann auf Marihuana um. Nach einiger Zeit reichte der monatliche Scheck unserer Kapitalisteneltern nicht mehr für unseren Drogenkonsum aus, und der Typ bot uns an, für ihn im kleinen Stil zu dealen, jeder für ein paar Kunden, und dafür würde er uns Stoff überlassen.

Und dann kam die Nacht, in der unsere Vierergruppe für immer zerbrach. Wir hatten in der Dunkelheit, etwas abseits von der Erlanger HNO-Klinik, unseren Kunden die Ware übergeben und das Geld erhalten, da tauchten, wie aus dem Nichts, die Scheißbullen auf und brüllten: »Halt, stehen bleiben!« *Vera und ich rannten am schnellsten, die Bullen schossen zur Warnung in die Luft, Axel stolperte über eine Blechbüchse und fiel der Länge nach hin, Ilona rannte uns hinterher, wir hörten ihr Keuchen, und dann traf sie eine Kugel. Das Geräusch, wie ihr Körper auf die Straße klatschte, werd' ich nie vergessen. Als Vera und ich um die Ecke bogen, hörten wir noch das Klicken von Handschellen, sie hatten also Axel erwischt. Wie weit wir noch gelaufen waren, weiß ich nicht mehr, aber als wir an der Einfahrt zu einem Hinterhof ankamen, liefen wir hinein und versteckten uns in einem großen Müllcontainer.*

Niemand war uns bis dorthin gefolgt. Gegen 4 Uhr morgens wagten wir uns heraus, die Straßen waren noch leer. Wir trennten uns und schlichen auf verschiedenen Wegen zu unseren Buden. Verabredet hatten wir, sofort nach Hause zu fahren und unterzutauchen. An Gepäck nahmen wir nur das Nötigste mit, um nicht aufzufallen. Vera fuhr mit dem Bus nach Nürnberg, ich mit dem Zug. Von dort reiste Vera nach München und ich in mein Heimatdorf in der Fränkischen Schweiz.

Ich weiß noch, wie verängstigt ich war, als ich daheim ankam und den Vater um ein Gespräch in seinem Arbeitszimmer bat. Ich schenkte ihm reinen Wein ein. Er tobte nicht. In kürzester Zeit hatte er einen Drogentherapieplatz für mich – weit weg, in Hessen, und ich teilte Vera aus einer Telefonzelle die Adresse der Klinik mit, ohne meinen Namen zu nennen, sie hatte mich wohl an der Stimme erkannt. Beim Abschied sagte mein Vater zu mir: »Wir werden für dich beten, Martin, damit du wieder gesund wirst.« *Ich habe meinem alten Herrn seine Güte hoch angerechnet, ich hatte Schlimmes erwartet, denn ich kannte seine unerbittliche Strenge sehr gut. Aber damals, als ich völlig hilflos war, hatte er sich weise und richtig verhalten. Als ich abreiste, las ich in der Zeitung, dass Ilona an ihrer Schussverletzung gestorben war.*

Die Klinik lag mitten im Wald, weit weg vom nächsten Dorf. Zwei Wochen nach meiner Einweisung kam auch Vera und ich weiß noch, wie froh ich darüber war. Das Höllenfeuer, durch das wir beide gehen mussten, wurde nach etwa sechs Wochen zu Glut und Asche. Allmählich gab es Fortschritte. Ich fühlte mich aber noch sehr schwach, körperlich und psychisch, Vera war wesentlich stabiler und stützte mich, baute mich auf, wurde mir unentbehrlich. Bei unserer Entlassung nach sechs Monaten hatten wir einen festen Zukunftsplan im Gepäck. Wir wollten unser Studium in Tübingen beenden, wo niemand uns kannte und dann heiraten.

Martin Seeger schreckte hoch, als es klingelte. Naomi stand vor der Tür. Er hatte sie gebeten, nur ein Mal in der Woche nach dem Rechten zu schauen. Er brauchte das Alleinsein. Ihr Gehalt lief wie gewohnt weiter und er hatte versprochen, sie mit nach Regensburg zu nehmen, sobald er wieder dienstfähig war. Naomi war sehr schweigsam geworden. Offenbar hatte ihre Überzeugung, hier in Deutschland sicher zu sein, einen Riss bekommen. Das Mädchen begann, in der Küche aufzuräumen, wo sich das Geschirr stapelte. Professor Seeger zog sich in sein Arbeitszimmer zurück, legte die Briefe Axel Hofers in seine Schublade und rang sich durch, den Kommissar zu verständigen, und ihm die Briefe auszuhändigen, das war er Vera schuldig.

Fuchs wird schon einen Grund gehabt haben, den Namen Hofer ins Gespräch zu bringen.

Seeger schämte sich, den Kommissar angelogen zu haben, aber jetzt zählte nur eins: Man musste Axel finden und vielleicht würden die Briefe in irgendeiner Weise dazu beitragen. Er griff nach dem Telefonhörer, vereinbarte mit Fuchs einen Termin für den nächsten Nachmittag um 16 Uhr.

Ein mysteriöser Fall

Heute nervte ihn das Geschirr- und Besteckklappern in der Kantine. Fuchs säbelte lustlos an seiner Roulade herum, die zäh wie Leder war. Torsten fehlte ihm mit seinen Marotten, er hätte ihn abgelenkt und vielleicht aufgeheitert, er war auf einer Schulung außer Haus. Da stellte Kollege Wanner sein Tablett mit einem Teller Erbseneintopf und einem Glas Bier krachend auf den Tisch und setzte sich zu ihm. *Hätt' ich heute auch nehmen sollen,* dachte Fuchs, aber lieber hätte er sich die Zunge abgebissen, als dem Kollegen von seiner zähen Roulade vorzujammern und dessen Schadenfreude herauf zu beschwören.

»Stell dir vor, Ewald, ich hab' zur Zeit den mysteriösesten Fall, den du dir vorstellen kannst«, begann Kollege Vitus Wanner, bevor er sich den ersten Löffel des deftig duftenden Eintopfs zur Brust nahm. Fuchs gähnte.

Dem sein langweiliges Gesäusel und wie der sich wichtig nimmt, der Heini, dachte er giftig.

»Also, Ewald, hör' zu! Das Klinikum hat uns angerufen, wir sollten einen Amerikaner verhören, der vor zehn Tagen bewusstlos eingeliefert worden war. Die Doktoren tippten auf Drogen, damit lagen sie richtig, es stellte sich heraus, dass er eine tödliche Menge LSD intus hatte, konnte aber gerettet werden. Der Stationsarzt nahm ihn ins Gebet. Der Patient hat nur zwei Sätze gesagt, auf Englisch: »Diese böse alte Hexe. Sie wollte mich umbringen.« Da wurde der Arzt hellhörig und besprach die Sache mit seinen Kollegen. Das LSD könnte der Kerl vielleicht nicht freiwillig eingenommen haben. Wir gleich hin, nach dem Telefonat, und – du wirst es nicht glauben, das Bett des Patienten war leer, der hatte sich aus dem Staub gemacht!«

Vitus schaufelte einen Löffel Suppe in seinen Mund und Ewald schob seine Roulade beiseite und angelte sich einige Nudeln, ein schwieriger Balanceakt.

»Was sagst du dazu, Ewald?«

»Hm«, brummte Fuchs, »wie heißt denn der Amerikaner?«

»Benny Miller, Allerweltsname, aus Los Angeles ist der und war zu einem Kongress im Nürnberger Grandhotel, aber ist dort schon am 28. Januar abgereist und in derselben Nacht hat man man ihn bewusstlos im Auto gefunden.«

Vitus nahm einen kräftigen Schluck vom alkoholfreien Bier und schüttelte sich.

»Pfui, Teufel, aber immer noch besser als Limo oder Wasser!«

Beim Aufstehen bat Fuchs den Kollegen: »Sag mir Bescheid, wenn ihr was Neues erfahrt! Mahlzeit.«

Eine Lüge setzt Fuchs schachmatt

Eine dicke Nebelsuppe lag über der alten Kaiserstadt Nürnberg und Fuchs überlegte, ob er an jenem Spätnachmittag überhaupt zu Seeger hinausfahren sollte, man sah kaum die Hand vor Augen. Da kam ihm der rettende Gedanke. Er würde den Wagen stehen lassen und mit Torsten vom Opernhaus mit der U-Bahn-Linie 2 fahren und am Rathenauplatz in die Straßenbahn Linie 8 umsteigen. Natürlich würden sie vielleicht eine halbe Stunde zu spät kommen, aber Seeger wartete ja im Haus.

Torsten war gerade von einer Grippe genesen.

»Mich hat die Schweinegrippe erwischt, Chef, hatte fast vierzig Fieber und dolle Kopf- und Gliederschmerzen.«

»Du hättest dich impfen lassen sollen, Torsten, ich bin der Empfehlung von oben gefolgt.«

»Bei der nächsten Schweinegrippewelle tu' ich's auch.«

Trotzdem wollte Fuchs ihn unbedingt bei dem Gespräch mit Seeger dabei haben, ein Ersatzmann kam für den Kommissar nicht in Frage, einer, der einem vielleicht furchtbar auf die Nerven fiel und von dem Fall keinen blassen Schimmer hatte.

In der Straßenbahn versuchte der Kommissar, durch die Scheiben zu erkennen, wo man gerade vorbeifuhr, doch er sah nicht einmal die Umrisse von markanten Gebäuden, an denen man sich hätte orientieren können. Aus unerfindlichen Gründen sagte der Straßenbahnfahrer heute die Haltestellen nicht durch, und als eine junge Frau mit Kinderwagen aussteigen wollte, begleitete er sie zur Tür und half ihr, den Kinderwagen hinauszuheben. Das Schild der Haltestelle war direkt vor der Tür. Stresemannplatz. Über der Tür im Inneren der Straßenbahn befand sich ein Streckenplan, und der Kommissar studierte ihn, um die Haltestellen bis zu ihrem Ziel Eichendorffstraße zu zählen. Als sie ausgestiegen waren und kein Autoscheinwerfer zu entdecken war, wagten sie sich im Eilschritt über die Straße. So muss es sein, wenn man fast blind ist, dachte Fuchs. Als die beiden Männer tatsächlich die richtige Hausnummer in der Novalisstraße gefunden hatten und vor der Seeger-Villa standen, beglückwünschten sie sich gegenseitig.

Der Professor kam ihnen auf ihr Klingeln mit einer hellen Taschenlampe entgegen, sonst wäre er über Bijoux gestolpert, die mitten auf dem Gartenweg saß und vermutlich über das Wetter philosophierte. Der Blick des Kommissars schweifte über den Garten, der im tiefen Nebelschlaf lag. Ganz in der Nähe konnte Fuchs durch den grauweißen Schleier die schwarzen Äste einer riesigen Buche erkennen – wie ein monströses Aderngeflecht – ein Impressionist sollte sie jetzt malen. Seeger hatte Tee vorbereitet – Thomas Manns Lieblingssorte, Darjeeling, first flush, betonte er, während er einschenkte, und die beiden Beamten hielten die Teetassen eine ganze Weile in ihren Händen, um ihre klammen Finger zu wärmen. Die Stehlampe mit den Elefanten und dem Einschussloch am Schirm verbreitete ein behagliches mildes Licht. Das übrige Wohnzimmer lag im Dunkeln.

Seeger druckste herum, stand auf, setzte sich wieder, schob Zuckerdose und Milchkännchen hin und her, lockerte seine Krawatte, bis er Fuchs ins Visier nahm: »Herr Hauptkommissar, ich muss Ihnen ein Geständnis machen. Ich habe …«

Ritter schaltete das Tonbandgerät ein.

»… alte Briefe meiner Frau gefunden, die ein gemeinsamer Freund in unserer Studienzeit an sie geschrieben hat, und diese Briefe haben dazu geführt, dass ich mich entschlossen habe, Ihnen die Wahrheit zu sagen.«

Seeger holte tief Luft, die Spannung im Salon war fast mit Händen zu greifen.

»Auf Ihre Frage neulich, ob mir der Name Axel Hofer etwas sagt, habe ich mit *Nein* geantwortet. Und zwar deshalb, weil ich nicht in Verbindung mit einem Knastbruder gebracht werden wollte. Aber jetzt, nachdem ich über unsere Vergangenheit nachgedacht habe, möchte ich Ihnen mitteilen, dass ich Axel Hofer kannte, aber seit er im Gefängnis war, nichts mehr von ihm gehört habe.«

Fuchs war dunkelrot angelaufen. Am liebsten hätte er sich auf den Professor gestürzt, ihn am Kragen gepackt und geschüttelt. Er wollte gerade lospoltern, als Torsten beschwichtigend dazwischenging. Seeger hielt sich die Hände vor's Gesicht.

»Geben Sie mir die Briefe! Ich weiß nicht, ob das für Sie Folgen haben wird, aber Sie haben unsere Ermittlungen massiv behindert«, brüllte Fuchs.

Sein Assistent raffte das Tonband und die Briefe, die auf dem Tisch lagen, zusammen, steckte sie in seine Aktentasche, hakte sich bei seinem Chef unter und zog ihn aus dem Salon hinaus in den Garten und auf den Bürgersteig. Per Handy rief Ritter ein Taxi, das nach wenigen Minuten

79

vorfuhr. Ritter gab als Ziel »Burgviertel« an. Chef und Mitarbeiter saßen im Fond, und nach einer Weile drückte Fuchs seinem Teamkollegen die Hand. Kurz und kräftig. Der Assistent schlug vor, sich in der Pilsbar an der Burg noch ein wenig zu unterhalten. Fuchs nickte nur.

Beim dritten Pils – es war schon Dienstschluss – wagte Torsten, seinem Chef einen Vorschlag zu unterbreiten. »Ich glaube, dass Ihnen jetzt ein paar Tage Urlaub guttun würden. Der Druck von oben war in den letzten Tagen einfach zu viel für Sie, und dann kam auch noch der Seeger mit seinem Gemauschel.«

Fuchs wies den Vorschlag entrüstet zurück, aber der junge Mann wuchs über sich selbst hinaus, ließ nicht locker. Er, der bisher keine Eigeninitiative ergriffen hatte, fühlte sich nun verantwortlich für seinen angeschlagenen Chef.

»Ich krieg' die paar Tage im Büro schon rum, Chef, erholen Sie sich und dann geht's mit neuen Kräften weiter – im Tandem.«

Nach dem vierten und letzten Pils war der Chef einverstanden.

Am nächsten Morgen telefonierte Fuchs mit seiner Dienststelle und bat um drei Tage Urlaub, er habe dringende Familienangelegenheiten zu erledigen und könne dafür seinen Resturlaub vom letzten Jahr nehmen. Natürlich hätte er sich von seinem Arzt ein Attest besorgen können, *dienstunfähig*, und so fühlte er sich auch. Aber der Doktor hätte ihn wohl erst nach zwei, drei Wochen wieder arbeiten lassen, und das, glaubte Ewald, könne er nicht verantworten. Wenn man sein dienstfreies Wochenende dazu zählte, konnte er sich nun volle fünf Tage erholen.

Ruhelos, wie ein Tiger im Käfig, lief er an seinem ersten Urlaubstag in der Wohnung hin und her, nahm die Zeitung zur Hand, konnte sich nicht konzentrieren, legte sie weg, dachte an Torsten, wie er im Büro zurechtkam, musste sich zwingen, nicht im Büro anzurufen, schaute eine Weile aus dem Küchenfenster und beobachtete die Passanten, die dick eingemummt ihren Zielen entgegensteuerten. Ab und zu fuhr ein Auto vorbei. Zum Glück lag seine Wohnung in einer ruhigen Seitenstraße. Bald spürte er wieder diese Unruhe in sich, telefonierte mit seiner Mutter, die sich beklagte, dass er sich schon seit zwei Wochen nicht mehr habe blicken lassen, vertröstete sie auf nächste Woche und sie ermahnte ihn, er solle endlich einen Tisch bei der *Alten Post* in Lauf bestellen, da habe schon *ihre* Mutter ihre runden Geburtstage gefeiert, und »jetzt, wo ich achtzig werd', möchte ich auch nicht wo anders hin«, nörgelte sie.

»Ja, Mutter, ich ruf gleich an.«

Er bestellte den Tisch für den 8. März, 12 Uhr, für acht Personen. Unschlüssig ging er zum Kühlschrank und wollte nach einem Snack suchen, da bemerkte er den Einkaufszettel, den Marianne an die Tür geklebt hatte. Sofort fuhr er zum Supermarkt um drei Ecken. Dort schnappte er sich einen Einkaufswagen und nachdem er vergeblich seinen Geldbeutel, seine Hosen- und Jackentaschen nach einem Chip durchsucht hatte, wollte er eine 1-Euro-Münze aus seinem Geldbeutel fischen. Fehlanzeige. So bat er die Frau, die hinter ihm stand, ihm zwei Euro zu wechseln.

»Nein«, gab sie zurück, »das tu ich nicht, Sie könnten ja ein Gauner sein, der mir Falschgeld andrehen will.«

Fuchs verdrehte die Augen. Ein kleiner Junge schenkte ihm schließlich einen Chip, er hatte drei. Fuchs revanchierte sich mit seiner 2-Euro-Münze, die der Kleine sofort in den Automaten mit den Süßigkeiten steckte. Beim Hineingehen in den Supermarkt fuhr ihm eine Kundin mit ihrem vollen Einkaufswagen über die Zehen, eine andere rempelte ihn im Gedränge mit ihrem Einkaufswagen an und das kleine Mädchen mit der roten Zipfelmütze, das im Kindersitz des Wagens saß, fing so laut zu brüllen an, wie Fuchs das nie einem zweijährigen Kind zugetraut hätte. Der Mann hinter ihm schimpfte, weil Fuchs stehen blieb und sich die schmerzende Stelle an seinem Ellenbogen rieb: »Genger's weider, Sie Armleichder, sunst lerner's mi kenna!«

Das Augenlid des Hauptkommissars begann zu zucken. Als er aus dem Regal von ganz oben eine Dose Erbsen, mittelfein, herunterangelte, polterte ihm eine Dosenlawine entgegen. Mit einem Sprung rettete er sich vor der Büchseninvasion. In der Zwischenzeit hatte jemand seinen Einkaufswagen beiseitegestellt und der Kommissar machte sich auf die Suche. Als er ihn endlich entdeckte, keifte ihn eine Frau an: »Lassen Sie sofort meinen Wagen stehen, sonst hol' ich die Polizei!«

Fuchs schlich davon wie ein geprügelter Hund. Die Regale begannen zu schwanken, die Kunden verschmolzen zu einer bedrohlichen Menge und Fuchs taumelte hinaus und hielt sich vor dem Einkaufsmarkt an einem Geländer fest. Als ihn eine besorgte alte Dame fragte, ob ihm schlecht sei und ob sie einen Arzt holen solle, fing er an, wie ein Irrer zu lachen. Die Dame suchte entsetzt das Weite. Wie er nach Hause gekommen war, wusste er nicht mehr, jedenfalls war er zu Fuß gegangen. Marianne musste am Abend, nach ihrem Dienst, die Einkäufe erledigen und sein Auto holen.

Sie traf ihren Ewald schlafend in seinem Lieblingssessel an, als sie mit vier Tüten bepackt, zurückkam. Der Fernsehapparat lief. Eine Krimiserie. Nach dem Abendessen gab sie ihm den Rat, am nächsten Tag einen langen

Spaziergang zu unternehmen, das beruhige die Nerven und überhaupt sei die Natur die beste Medizin.

»Noch einen Tag in der Wohnung, so ganz allein, hätte ich auch nicht mehr ausgehalten«, murmelte er.

Fuchs verlässt seinen Fuchsbau

Ein Winterhimmel, der ihn an den Aquamarinstein am Ring seiner Mutter erinnerte, und eine fahle Sonne begrüßten ihn an seinem zweiten Urlaubstag. Auf den Dächern lag Raureif. Ewald rüstete sich mit Wollmütze, Schal, Handschuhen, Winterstiefeln und seinem gefütterten Anorak für einen langen Winterspaziergang und fuhr zum Prinzregentenufer, wo er sein Auto parkte. An der Pegnitz und am Wöhrder See entlang wollte er wandern, *soweit mich meine Füße tragen,* hatte er sich vorgenommen. Er sah seinen weißen Atemwölkchen nach. Die kalte Luft machte seinen Kopf klar. Auf der schmalen hölzernen Fußgängerbrücke, die zum Ohm-Polytechnicum und zur Maria-Ward-Schule führte, blieb er stehen, um den Enten zuzuschauen. Erwartungsvoll schwammen sie in einem Pulk auf ihn zu, schnatterten alle durcheinander und ließen sich, als sie merkten, dass dieser Mensch ihnen keine Leckerbissen ins Wasser werfen würde, von der Strömung weiter treiben.

Da liegt noch ein Brötchen auf dem Frühstückstisch und ich hab's nicht mitgenommen!

Zügig schritt er aus und stand bald am Ufer des Wöhrder Sees. Schwäne zogen majestätisch Kreise durchs ruhige Wasser, eine Schar kleinerer Wasservögel flog auf und schwirrte hinauf in den wolkenlosen Himmel. Nur wenige Spaziergänger begegneten ihm an diesem frostigen Morgen. Meist Hundebesitzer, die ihre Lieblinge ausführen mussten. Lange Strecken war er auf dem Wöhrder-Wiesen-Weg mit sich und seinen Gedanken allein, die sich langsam zu ordnen begannen. Mit jedem Schritt fühlte er sich leichter, freier.

Wir haben recherchiert wie die Weltmeister und kommen doch nicht weiter. Was haben wir denn an Ergebnissen? Vera Seeger muss ihren Mörder hereingelassen haben. Fingerabdrücke von Axel Hofer, der vielleicht der letzte Mensch war, der Vera Seeger lebend gesehen hat, und der ist seit Jahrzehnten untergetaucht. Wasserdichte Alibis, Motive für einen Mord bei Seeger und Weber, vielleicht auch bei Naomi und Wang Li. Und wir warten ungeduldig auf die Laborergebnisse. Wenn ich wieder im Dienst bin, werd' ich gleich den Namen Axel Hofer in das Suchprogramm eingeben, vielleicht ist er ja doch in Deutschland irgendwo zu finden.

Fuchs blieb stehen und ließ seinen Blick übers Wasser schweifen. Die Sonne war höher gestiegen und auf dem See tanzten goldene Wellenzungen, glitzernd, funkelnd, gleißend.

Auch der See gibt seine Geheimnisse nicht preis, man muss tauchen, um seine Schätze zu finden. Mein Gott, ich bin ja richtig poetisch. Vielleicht liegt unser Schlüssel zum Fall Vera Seeger in der Vergangenheit. Der Hofer war Anfang der Siebziger im Gefängnis. Nach der Einzelhaft bis zur Entlassung mit Ede Stummer in einer Zelle. In den Akten steht, dass die beiden gut miteinander auskamen. Der Ede. Wie find' ich den jetzt? Er ist ja nicht mehr im Geschäft, müsste um die achtzig sein. Genialer Pass- und Urkundenfälscher. Vielleicht weiß der, wo der Hofer damals hin ist. Die Ede-Bande hat immer wieder ihre Werkstatt verlegt, von einem Mauseloch ins andere, und doch ist ihnen die Polizei immer wieder auf die Schliche gekommen. Ob der überhaupt noch lebt?

Am liebsten wäre Fuchs sofort in sein Büro geeilt, hätte den Namen *Stummer* im Telefonbuch gesucht, sich dann sofort auf die Socken gemacht und beim Ede geklingelt. Aber die letzten Tage waren ihm Warnung genug, und so kehrte er um und spazierte langsam wieder in Richtung Prinzregentenufer.

Am nächsten Tag schickte ihn Marianne zur Burg hoch, dort solle er die Perspektive von oben genießen und sich überlegen, wie er Wichtiges von Unwichtigem unterscheiden lerne.

Als der Kommissar durch die Altstadt hinauf zur Burg schlenderte, schoben sich immer wieder Bilder aus dem Sommer 1945 von der fast total zerstörten City zwischen die stattlichen Bürgerhäuser und die schmalbrüstigen Fachwerkhäuser. Er kannte die Trümmerwüste nur von Fotos. Als er mit seiner Mutter zum ersten Mal in die Altstadt ging, – *vielleicht war ich da vier* – war der Wiederaufbau schon fast abgeschlossen. Doch einige Narben blieben noch lange im Stadtbild, meist hinter Bretterzäunen verborgen.

Nun stand er an der Brüstung der Burgmauer und blickte über seine Stadt. In der klaren Luft konnte er bis zur Trabantenstadt Langwasser schauen, dann streifte sein Blick die Elisabethkirche mit ihrer grünen Kuppel. Man hatte den Petersdom im Kleinformat nach Nürnberg geholt, freilich keinen Papst im Kleinformat dazu, dafür hatten die Nürnberger ihren Dürer, Veit Stoß, Martin Behaim und Hans Sachs. Zum Greifen nah das Albrecht-Dürer-Haus, ein stattliches Fachwerkhaus – das meistfotografierte Postkartenmotiv Nürnbergs. Heute ein Museum.

Immer, wenn ich im Dürer-Haus bin, mein ich, die zänkische Ehefrau Dürers, die Agnes, zu hören und da tut mir der große Meister heut noch leid.

Sankt Lorenz und Sankt Sebald, die mit ihren spitzen Türmen den Himmel durchbohren, werben mit ihrer schlanken Gotik. Die Frauenkirche am Hauptmarkt, wo die Touristen um Punkt 12 Uhr andächtig das *Männleinlaufen* betrachten. Kein Geringerer als der Kaiser selbst nimmt die Huldigungen der Kurfürsten entgegen. Direkt unter der Kirchenuhr drehen sie ihre Runde um den Kaiser und dürfen sich dann in einer geheimen Kammer bis zu ihrem nächsten Auftritt ausruhen. In welcher anderen deutschen Stadt hätten es die Einwohner gewagt, Kaiser und Kurfürsten *Männlein* zu nennen? Im Nürnberger Dialekt *Männla*. In Franken ist man bescheiden. Und macht gerne das Große klein und das Kleine groß. Wenn auch nur sprachlich.

Die Mutter hat mir oft erzählt, wenn wir am Hauptmarkt Gemüse eingekauft haben: »*Stell der vor, Ewald, von der Frauenkirch' ist nur noch die Fassadn g'standn und heut' sieht die Kirch' aus, als wär's nie kabudd gwesn. Fünfervierzg bist durch die Kirchntür ganger und dann bist wieder im Freia gstandn.*«

Einen Katzensprung weiter präsentiert sich der Hauptbahnhof, grau und breit, von Weitem könnte man ihn für ein Schloss halten. Die Nürnberger waren stolz, als er 1906 fertig war, jetzt war man wer, jetzt hatte man einen großen Bahnhof. Er war notwendig geworden, weil immer mehr Menschen aus dem Umland bis hinauf zur Oberpfalz und den Bayerischen Wald auf der Suche nach Arbeit nach Nürnberg kamen. Die Stadt war damals schon seit mehr als einem halben Jahrhundert eine Industrie- und Arbeiterstadt.

Heute lungern Punker, Junkies, Obdachlose und selbst ernannte Pflastermaler, ab und zu Musiker mit Geige oder Drehorgel um den Hauptbahnhof rum. Kann keiner sagen, dass Nürnberg keine Großstadt ist ... Axel Hofer. Der hat damals sein junges Leben mit den Drogen ganz schön versaut. Bin gespannt, ob der Ede weiß, wo er steckt. Wenn ich den Ede finde.

Fuchs ging hinüber zur *Rückseite* der Burg, dem Hinterzimmer der Dürerstadt, von dort kann man einen Blick in den Burggraben werfen, wo im Mai die herrlichsten Bäume blühen. Jetzt waren die Bäume kahl. Und der Kommissar suchte die Hufabdrücke des Pferdes, dem der Raubritter Eppelein von Gailingen der Sage nach die Sporen gegeben hatte, um über die Burgmauer und den Burggraben zu fliehen, war doch schon ein Galgen für ihn errichtet. Seit der Zeit geht der Spruch um: »Die Nürnberger hängen keinen, sie hätten ihn denn.« Später haben sie aber den Eppelein doch noch erwischt. Und er wurde gehängt.

Ein historischer Krimi. Irgendwie gibt es da Parallelen zu meinem Fall. Mir ist der Axel Hofer entkommen, ich hab' nur seine Fingerabdrücke. Im Fall

Vera Seeger geht es möglicherweise um einen Raubmord oder um einen Mord mit Erpressung, und das war ja auch die Art der alten Raubritter wie der Eppelein einer war. Sie überfielen und raubten Kaufleute aus, man nannte sie damals Pfeffersäcke, und wenn sie sich wehrten, machten die Raubritter kurzen Prozess.

Da fiel ihm Mariannes Tipp ein, aus der Perspektive der Burg Wichtiges von Unwichtigem unterscheiden zu lernen.

Die Leut' da unten, klein wie Mensch-ärgere-dich-nicht-Figuren sehen sie aus. Mensch ärgere dich nicht! Ein prima Vergleich. Vielleicht sollt' ich mir in Zukunft die Menschen auch so klein vorstellen, wenn ich mich über sie ärgere.

Seine philosophischen Gedanken jagten ihm fast Ehrfurcht vor sich selbst ein. *Erzählen darf ich das niemandem, der denkt ja sonst, etz spinnd a scho, der Ewald!* Nachdenklich stieg er den Burgberg wieder hinunter.

Marianne wartete am Abend mit einer Überraschung auf. »Ewald, morgen früh fahren wir übers Wochenende zur Burg Hohenstein, ich hab' im Ort ein Zimmer für uns gebucht. Du musst mal raus aus deinem Fuchsbau!«

»Und was machen wir dort? Es ist doch Winter!«

»Eine Winterwanderung, vom Hohenstein über das Dorf Treuf und dann hinunter nach Rupprechtstegen, dort kehren wir ein und dann geht's wieder zurück zur Burg und in unser Quartier.«

Die Wege waren hart gefroren, aber die Mittagssonne wärmte schon ein wenig. Ewald und Marianne marschierten schweigend nebeneinander her, blickten einige Male zurück zur imposanten Felsenburg Hohenstein und ihr Weg führte sie durch kleine Waldstücke und über winterliche Wiesen. Das grau-braune Gras war mit Reif überzogen und glitzerte in der Sonne, als habe eine gute Fee dort ihren Schmuck ausgelegt. Sie wanderten an dunkelbraunen Äckern vorbei, von deren Furchen gegen Mittag Dampf aufstieg, hinunter nach Rupprechtstegen. Auf der Pegnitz tanzten silberne Lichtpunkte.

Keiner Menschenseele begegneten sie. Und je länger sie unterwegs waren, desto mehr schwanden Ewalds Gedanken über *seinen Fall*. Und er wurde eins mit dem Rhythmus der Schritte, grübelte nicht mehr, und die heilende Wirkung der herrlichen Landschaft, die an jeder Wegbiegung ihr Gesicht veränderte, die Winterstille und die gleichmäßige Bewegung trugen dazu bei, sein Selbstbewusstsein wieder aufzubauen und seine überreizten Nerven zu beruhigen.

Wiedersehen
mit einem alten Knastbruder

Am Montag war Fuchs um halb sieben als Erster im Präsidium. Er blätterte im Telefonbuch und fuhr mit dem Finger über die Namen, die mit *St* begannen. »Ha«, rief er in die Stille des Raumes, »da ist er! Egidius Stummer, Rothenburger Straße«, er notierte sich die Hausnummer, »Telefonnummer brauch' ich gar nicht, ich will ihn ja überraschen, sonst büxt der auch noch aus. Aber vor 9 Uhr kann ich nicht bei ihm aufkreuzen.«

Bevor er ins Archiv hinunter stieg, gab er noch den Namen *Axel Hofer* in seine Suchmaschine ein. Fehlanzeige. Dann suchte er im Archiv nach der Akte *Stummer*. Fünfmal im Knast, immer wegen Fälscherei, jedes Mal länger, zuletzt zwei Jahre länger als bei der Erstverurteilung. Und da war die Sache mit dem Totschlag, in den er verwickelt war, den Fuchs ihm aber damals nicht nachweisen konnte. Torsten kam pünktlich um 8 Uhr und war enttäuscht, weil sein Chef ihn partout nicht zum Fälscher-Ede mitnehmen wollte.

»Seit der letzten Geschichte ist der auf mich fixiert, Torsten, ich bin sicher, der sagt kein Wort, wenn du dabei bist, der ist ein misstrauischer Typ, dich kennt er nicht.«

Ritter gab sich zufrieden und Fuchs bat ihn, die Ergebnisse ihrer Recherchen und die nächsten Schritte aufzulisten.

»Die Liste müssen wir morgen dem Watzek vorlegen. Also hast du eine sehr wichtige Aufgabe. Tschüss dann!«

Kreisrund wurden Edes Augen, als er dem Kommissar die Tür öffnete.

»Wie komme ich zu der Ehre?«, tönte es aus dem Dämmerlicht des Flurs, seine Stimme war die tiefste und mächtigste, die Fuchs je gehört hatte. Auf einen Stock gestützt humpelte Stummer in sein Wohnzimmer. Ein schmaler Raum mit einem zerschlissenen Fernsehsessel, einem Zweisitzer-Sofa aus Urgroßmutters Zeiten mit hoher Lehne und vergilbten Spitzendeckchen, einem neuen Flachbildfernseher und einem Nierentischchen, das in den Fünfzigerjahren der letzte Schrei gewesen war. Als das Objekt seines Verhörs so klein und verloren, greisenhaft dürr, mit zerfurchtem Gesicht und kahlem Kopf vor ihm saß, spürte Fuchs einen Anflug von Mitgefühl.

»Bin nie dem Staat auf der Tasche gelegen, Kommissar, hab' immer von meiner Hände Arbeit gelebt«, dröhnte Ede. Beinahe hätte Fuchs sein Lachen nicht unterdrücken können, *von seiner Hände Arbeit ...*

»Sogar im Knast hab' ich immer gearbeitet, in der Schreinerei, um meinen Fraß zu verdienen.«

»Ja, Ede, wie geht's denn so? Lebst du allein? Deine Wohnung sieht sehr ordentlich aus, Kompliment«, begann der Kommissar das Gespräch.

»Ja, meine Tochter, die Berta«, er zündete sich eine Zigarette an, und Fuchs bemerkte das Zittern seiner Hand, »kommt ein Mal in der Woche, kauft ein, kocht für Sonntag vor und macht sauber. Meine Frau ist ja schon seit, warten Sie mal, seit über zehn Jahren tot.«

Stummer, ein gebürtiger Berliner, mühte sich redlich, Hochdeutsch zu sprechen.

»Ja, in der Szene ist dein Name immer noch ein Begriff, Ede. So einen genialen Kerl, wie du einer warst, gibt's heute nicht mehr.«

Ede lächelte mit schiefem Mund. »Aber warum sind Sie heut' zu mir gekommen, Herr Kommissar? Ich bin doch schon lang raus aus dem Geschäft.«

»Alte Geschichten, Ede. Du warst doch Anfang der Siebziger mit dem Axel Hofer in einer Zelle. Und der ist nach der Entlassung untergetaucht.«

Fuchs fing an, an seinem Schnurrbart zu kauen, um seine innere Anspannung zu mildern.

»Weißt du, wo er damals hin ist?«

»Keine Ahnung, Herr Kommissar, keine Ahnung, wirklich nicht.«

Stummers Augen nahmen den unschuldigen Ausdruck eines Dreijährigen an. Unbeirrt fuhr der Kommissar mit seinem Verhör fort.

»Sag mal, Ede, hast du für den Hofer damals auch einen Pass gemacht? Spielt heute für die Justiz keine Rolle mehr, ist schon verjährt.«

Fuchs war nähergerückt und fixierte ihn.

»Aber, Herr Kommissar, ich hab' den Axel nie wieder gesehen, seit wir raus waren.«

»Hör' mal gut zu, Ede, überleg's dir gut, du weißt ja, die Totschlagsgeschichte. Damals bist du davon gekommen. Dein Kumpel Frieder hat dir ein Alibi verschafft. Ich schwör dir, ich lass die Sache nochmals aufrollen, und dann kommst du nicht mit einer weißen Weste davon«, redete Fuchs eindringlich auf sein Gegenüber ein.

Stummer schwieg. Und der Kommissar wusste, was jetzt in dessen Gehirn vor sich ging. Schwieg er weiter, würde er vielleicht auf seine alten Tage noch mal in den Knast gehen müssen. Redete er, verstieß er gegen den Ehrenkodex: Man verpfeift keinen Kumpel. Die Vorstellung, noch einmal hinter Gitter zu müssen, mit 82 Jahren, vielleicht mit Totschlägern und Mördern in einer Zelle, war offenbar so düster, dass Stummer nach einer Weile auspacken wollte.

»Ich mach' uns mal schnell 'n Kaffee«, murmelte Ede und der Kommissar begleitete ihn in die winzige Küche, die mit einem weißen Küchenbüfett mit Glasscheiben, auf denen Blumen eingeritzt waren, einem Gasherd, einem Tisch, und einem weißen Küchenstuhl möbliert war.

Fuchs brachte die beiden Blümchentassen ins Wohnzimmer und Ede humpelte mit der Kaffeekanne hinter ihm her.

»Prost, Herr Kommissar, haben auch schon mal schärfere Sachen runtergekippt. Ja, wissen Sie, mein Gedächtnis lässt manchmal schon sehr nach, ich bin ja nicht mehr der Jüngste, aber jetzt erinnere ich mich.«

Fuchs nahm einen Schluck des herrlich duftenden Kaffees und spitzte die Ohren.

»Der Axel ist ja mein Kumpel gewesen und nach der Entlassung ist er mal bei mir aufgetaucht und hat gesagt, ich hab' keine Zukunft mehr, ich kann mich gleich aufhängen, nirgends find' ich Arbeit, und zu meinem Vater will ich nicht gehen. Und da haben wir beschlossen, dass ich ihm ein Papier mixe. Fragen Sie mich aber nicht nach dem neuen Namen, das ist viel zu lange her. Er wollte nämlich nach Amerika und brauchte auch noch ein Zeugnis von einer amerikanischen Schule. Mir war klar, der kann nicht legal einreisen, und da hab' ich Kontakt mit unseren Freunden, den Amis in der Kaserne an der Frankenstraße, aufgenommen. Die haben, natürlich für einen dicken Batzen Pinke, 'ne koschere Einreise gebastelt und für den Axel 'ne Anlaufstation ausfindig gemacht. Chicago. Dort konnte er erst mal in einem Restaurant arbeiten, bis er so sprechen gelernt hatte wie einer, der in Chicago geboren ist.«

Ede trank einen Schluck Kaffee und wischte sich mit dem Handrücken seinen silbernen Schnurrbart ab.

»Ah, tut der gut! Hat mich 'ne Stange Geld gekostet und wenn der Axel nicht mein Freund gewesen wäre, hätt' ich's nicht fast umsonst gemacht. Der brauchte aber die paar Kröten von seinem Sparbuch für Amerika.«

»Hast du später noch mal was von Hofer gehört, Ede?«

»Er hat mir versprochen, wenn er drüben zu Geld kommt, schickt er mir Kohle. Warten Sie mal, Herr Kommissar«, Ede kratzte sich hinterm Ohr, »ich glaub, es war 88, da bin ich zum ersten Mal mit meiner Frau nach

Italien gefahren, rein privat. Da kam ein dicker Brief aus Los Angeles. Vom Axel. Im Brief lag auch ein Scheck über 500 Dollar. Ich hab' einen Freudentanz aufgeführt, und wollt' mich natürlich bedanken, aber außer seinem Namen und dem Poststempel hab ich nichts gefunden.«

»Und später, Ede? Hast du ihn noch mal wieder gesehen?«, hakte Fuchs nach.

»Ich schwöre, schwöre bei meiner Ehre, ich hab' nix mehr von ihm gehört und hab' ihn nie wieder getroffen.«

Ede hob seine rechte Hand, um seiner Rede Nachdruck zu verleihen.

Nein, die brandneuen Sachen erzähl' ich ihm nicht, ich bin doch kein Verräter.

Der Kommissar lenkte das Gespräch noch auf die Vor- und Nachteile des Alters im Allgemeinen und im Besonderen, wünschte Stummer eine gute Zeit und verabschiedete sich.

Ewald, mehr hast du nicht erwarten können. Jedenfalls haben wir jetzt mehr als einen Strohhalm.

Eine respektable Zwischenbilanz

Ein Amselmännchen saß auf dem Fensterbrett und schaute neugierig ins Büro von Hauptkommissar Fuchs. Ritter und sein Chef hatten sich über ihre Akten gebeugt. Ab und zu hoben sie ihre Köpfe und sprachen miteinander. Da kam ein Amselweibchen angeflogen, setzte sich neben das Männchen und flatterte aufgeregt mit den Flügeln. Kurz darauf schwirrten die beiden gefiederten Vorfrühlingsboten davon.

Die beiden Männer hatten die Akte *Vera Seeger* vor sich liegen, der Kommissar die Originale, sein Assistent die Kopien. »Torsten, morgen hat unser Oberster ein Round-Table-Gespräch angesetzt. Wir gehen jetzt die Ergebnisse der Ermittlungen durch, damit wir für morgen fit sind. Fang du mit deinen Recherchen an, die du allein gemacht hast.«

Torsten war gerade im Begriff, an seinen Fingernägeln zu kauen, da fiel ihm die Drohung seines Chefs mit dem Senf ein, so nahm er seine runde Nickelbrille ab und begann, sie zu putzen, als Ersatzhandlung sozusagen. Dann fing er nach kurzem Schweigen an:

»Ich habe in Berlin die Alibis von Martin Seeger und Ursula Weber überprüft. Sie sind wasserdicht. Die Gesprächspartner in Berlin – die Namen sind in den Akten – haben mit Hilfe ihrer Terminkalender und Sekretärinnen die Gespräche mit Martin Seeger bestätigt. Die Überprüfung der Flugtickets von Martin Seeger von Berlin nach Nürnberg und der DB-Fahrscheine von Ursula Weber am 28. Januar haben deren Alibis noch zusätzlich gestützt.«

Unsicher fuhr der junge Mann fort, denn er dachte an die kritischen Kollegen, die ihm morgen das Leben schwermachen könnten.

»Ich habe alle Bewohner in der Novalisstraße, wo sich die Seeger-Villa befindet, befragt. Nur *eine* Zeugin hat gegen 18 Uhr Schüsse vernommen. Sie war sich aber nicht sicher, ob die Schüsse vielleicht im Fernsehkrimi gefallen sind. An der Universität in Erlangen habe ich recherchiert, ob Seeger mit Axel Hofer in den Jahren 65 bis 70 gemeinsam ein Seminar besucht hat. Es gibt dazu aber keine Unterlagen. Man sagte mir, man könne nur über die Studienbücher der Teilnehmer Klarheit bekommen.«

Erwartungsvoll blickte er auf seinen Chef.

»Das hast du gut gemacht. In letzter Zeit hast du dich gemausert, Torsten. Wenn du morgen auch so los legst, bin ich mit dir zufrieden.«

Ritter fuhr sich mit der Hand durch seine Igelfrisur, sichtlich stolz auf seine Leistung.

»Ich beginne jetzt mit den Ergebnissen der Gerichtsmedizin«, fuhr Fuchs fort. »Der Schuss in den Nacken war tödlich, der Todeszeitpunkt liegt etwa um 18 Uhr. Es besteht kein Anhaltspunkt für ein Sexualdelikt. Die Untersuchung der beiden Teeproben hat ergeben, dass der Schwarztee eine ziemlich große Menge LSD enthielt. Die Dosis ist absolut tödlich, wenn der Mensch nicht rasch ärztliche Hilfe bekommt. Im Pfefferminztee, an dieser Tasse waren die Fingerabdrücke und Lippenstiftspuren von Vera Seeger, konnte man nichts nachweisen. Später fand sich in der Seeger-Villa in einer afrikanischen Skulptur ein Leinensäckchen mit einem Pulver und ein kleines Fläschchen mit einer Flüssigkeit. Die Analyse hat ergeben, dass es sich um LSD handelt. Ebenso fanden sich Spuren von LSD im Kuchen. Die Menge im Leinensäckchen hätte ausgereicht, um eine ganze Schulklasse auszulöschen.«

Fuchs trommelte mit seinen Fingern auf die Schreibtischplatte und Ritter versuchte, sich davon nicht nerven zu lassen.

»Die Fingerabdrücke, die am Tatort gefunden wurden, sind Martin Seeger, dem Hausmädchen Naomi, das aus Kenia stammt, Vera Seeger und einem zunächst Unbekannten zuzuordnen. Der elektronische Abgleich der Fingerabdrücke hat den Namen *Axel Hofer* ans Licht gebracht, der wegen Drogendealens vorbestraft ist und von 1970 bis 1974 in der JVA Nürnberg einsaß. Er ist ein halbes Jahr nach seiner Entlassung untergetaucht. Wenn er vom Schwarztee getrunken hat, was anzunehmen ist, und nicht schnell in ärztliche Behandlung kam, ist er bereits tot. Seine Leiche aber haben wir weder im Haus, noch in der Umgebung gefunden. Hier stellt sich auch die Frage nach einem möglichen Komplizen von Hofer, der offenbar keine Fingerabdrücke hinterlassen hat. Über Hofers damaligen Zellengenossen Aegidius Stummer, besser bekannt unter dem Namen *Fälscher-Ede*, habe ich erfahren, dass Axel Hofer nach der Entlassung aus dem Gefängnis bei ihm war und Ede ihm mit einem gefälschten Pass zu einer Einreise in die USA verholfen hat. An den neuen Namen kann sich Stummer nicht mehr erinnern. 1988 erhielt er einen Brief von Hofer aus Los Angeles.«

Der Kommissar stellte sein Trommelfeuer ein, öffnete den obersten Kragenknopf, stand auf, um das Fenster weit aufzumachen und hielt seinen Kopf hinaus:

»Schon wieder Vogelscheiße! Können die Viecher nicht woanders …?
Also, zurück zu Hofer. Im Brief lag ein Scheck über 500 Dollar. Das Geld
schuldete er dem Stummer für dessen Freundschaftsdienste. Aber jetzt
machen wir erst mal Kaffeepause, Torsten.«

Der Assistent holte zwei Tassen Kaffee vom Automaten. Umständlich
setzte er sich auf seinen Stuhl, rutschte hin und her, schwieg aber beharrlich, ganz entgegen seiner gewohnten Gesprächsfreudigkeit. Nach ein paar
Minuten fiel Fuchs die ungewohnte Stille auf.

»Na, Torsten, was ist los mit dir, du bist heute so merkwürdig still.
Stimmt etwas nicht?«

Ritter räusperte sich, strich über seinen Dreitagebart, den er zu seinem
Markenzeichen erkoren hatte, *weil die Kommissare im Fernsehen auch einen
haben,* und Fuchs sah, wie sich dessen Ohren in Zeitlupe knallrot färbten.

»Na, Torsten, du hast doch was auf deinem Kommissarsherzen, nur raus
damit«, ermunterte ihn Fuchs.

Der druckste herum: »Also, also, ich, ich, ich hab' mich verliebt!«

»Gratuliere, Glückspilz. Ist es ein hübsches Mädchen?«

Jetzt nahm Ritter seine Fliege ab, öffnete seinen Kragenknopf und nestelte an seinem Einstecktuch herum.

»Dasdasdas ist es ja, Chef. Sie ist zehn Jahre älter als ich, und ich dachte,
Sie werden mich auslachen. Aber ich finde sie sehr attraktiv.«

»Aber, Torsten, der Altersunterschied ist doch nicht so groß, das gibt oft
die besten Ehen.«

Erleichtert atmete Ritter auf.

»Wie hast du sie denn kennengelernt?«

»Ich bin vom Dienst nach Hause gekommen und da war sie im Treppenhaus und schleppte zwei große Einkaufstaschen. Sie wohnt im fünften
Stock, auf meiner Etage, und da hab' ich sie gefragt, ob ich ihr helfen
dürfte. Sie haben mir doch geraten, etwas zu fragen, Chef.«

Fuchs nickte und hatte große Schwierigkeiten zu verbergen, dass er sich
köstlich amüsierte.

»Ja, und dann hat sie mich zu einer Tasse Kaffee eingeladen, als ich
die Taschen raufgebracht hatte. Hat mir erzählt, dass sie seit vier Jahren
verwitwet ist und eine kleine Tochter hat, die jetzt zum Spielen bei einer
Freundin ist. Und ich hab' gesagt, dass es mich von Kiel nach Nürnberg
verschlagen hat und ich hier noch keinen Menschen kenne, außer die
Leute in meiner Dienststelle. Und«, sagte er mit sichtlichem Stolz, »zum
Schluss hab' ich sie gefragt, ob sie sich morgen mal meine Steinsammlung
ansehen möchte. Und – sie hat *Ja* gesagt.«

»Das freut mich sehr, Torsten, dass du jemanden kennengelernt hast. Wie heißt denn deine Freundin?«
»Elke.« Und Ritter ließ den Namen wie Schokolade auf seiner Zunge zergehen.
Der Kommissar, der sich zurück gelehnt hatte, nahm wieder Haltung an.
»Wir müssen wieder. Mach du mal weiter!«

»Vera Seeger hat an ihrem Todestag 100 000 Euro von ihrem Konto bei der Stadtsparkasse abgehoben. Unsere Recherche hat ergeben, dass sie das Geld zur Begleichung von Spielschulden verwenden wollte. Der Ehemann aber sagte aus, dass er nichts von einer Spielleidenschaft seiner Frau wisse. Die Nachfrage in den Casinos in Nürnberg und Umgebung, wo wir Fotos von der Ermordeten vorlegten, bestätigte die Aussage von Martin Seeger. Möglicherweise ist Frau Seeger erpresst worden. Der Ehemann fand zwar die Kontoauszüge, aber nicht das Geld.«
»Prima, Torsten, das wird morgen gut laufen«, unterbrach der Kommissar seinen Kollegen, den das Lob einige Zentimeter wachsen ließ.
»Ich komme jetzt zu der Tatsache«, fuhr der Hauptkommissar fort, »dass Vera Seeger ihren Mörder gekannt haben und ihm die Tür geöffnet haben muss, weil keine Einbruchspuren zu finden waren. Übrigens wollen wir Amtshilfe in den USA beantragen, um unsere Fingerabdrücke von Hofer mit denen der amerikanischen Behörden vergleichen zu lassen.«
»Moment mal, Chef«, rief Ritter, »wär' es nicht besser, wenn wir selbst in Amerika recherchieren würden, man könnte vielleicht über die Fingerabdrücke auf den neuen Namen von Hofer kommen und ihn an Ort und Stelle festnehmen.«
»Ja, ja, Torsten, ich verstehe. Und so nebenbei möchtest du auch eine Privataudienz bei Barack Obama beantragen. Du bist noch nicht lange genug bei uns, um zu wissen, dass unser Watzek ein Weltmeister im Sparen ist. Da haben wir schlechte Karten.«
Ritter verzog enttäuscht den Mund, hatte er sich doch schon im Flugzeug Richtung Amerika gesehen.
»Du bist dran, Torsten, die Recherchen vom Verhör mit Uschi Weber.«
Ritter suchte das Protokoll. »Ja, Ursula Weber hat zugegeben, dass sie mit Martin Seeger liiert ist und ein Kind von ihm erwartet. Auch hat sie uns einen anonymen Brief übergeben, in dem sie gewarnt wird, wenn sie nicht einen Schlussstrich unter die Verbindung mit Professor Seeger ziehe, dann werde etwas Schreckliches passieren. Die Untersuchung hat ergeben, dass auf dem Brief Fingerabdrücke von Vera Seeger sind.«

Mit zwei linken Händen, hätte seine Mutter gesagt, kramte Ritter in einem Papierstapel. »Da sind noch die Ergebnisse der Auswertung der Schriftstücke aus dem PC der Ermordeten. Die Texte wurden fast ausschließlich für die beiden Vereine *Iglu* und *Netz* geschrieben, denen Vera Seeger angehörte. Es sind Protokolle von Sitzungen und die Vereinskorrespondenz. Die privaten Briefe ergeben keinen Hinweis auf den späteren Mord oder eine Erpressung.«

»Apropos, Briefe«, schaltete sich Fuchs ein. »Martin Seeger hat uns Briefe von Axel Hofer an seine Frau übergeben, die Hofer während der gemeinsamen Studentenzeit geschrieben hat. Er war damals der Geliebte der Ermordeten. Diese zwölf Briefe aus den Jahren 1968 bis 1970 sind für unseren Fall nicht relevant. Sie liefern aber den Beweis, dass Vera Seeger mit Axel Hofer damals liiert war. Anfänglich hatte Martin Seeger geleugnet, Axel Hofer zu kennen, hat aber dann zugegeben, dass seine Frau und er Hofer kannten, aber seit Anfang der Siebzigerjahre nichts mehr von ihm gehört haben.

Sowohl Martin Seeger als auch Uschi Weber haben von einem Telefonat Vera Seegers berichtet, in dem Vera Seeger ihrem Mann drohte, das Hausmädchen werde ihn wegen Vergewaltigung anzeigen. Seeger und Weber gaben an, dass Frau Seeger damit rechnete, dass sich ihr Mann scheiden lassen würde und sie ihm deshalb die berufliche Reputation mit dieser Mär von der Vergewaltigung aus Rache zerstören wollte. Im Verhör sagte das Hausmädchen aus, dass Martin Seeger sie nie angefasst habe.

Die ballistische Untersuchung hat schließlich ergeben, dass in der Tatwaffe, die wir nicht gefunden haben, 9-Millimeter-Kugeln waren. Ich fasse zusammen.

Der Fall Vera Seeger deutet möglicherweise auf eine Beziehungstat hin – außer Hofer sind auch ihr Ehemann und seine Geliebte Weber verdächtig, da aber ihre Alibis hieb- und stichfest sind, käme für die beiden Letztgenannten nur ein Auftragsmord in Frage.«

Fuchs stand auf und ging im Zimmer auf und ab, während er weiter dozierte:

»Der hohe Betrag, den Vera Seeger an ihrem Todestag abgehoben hat, deutet auf eine Erpressung hin, die mit einem Mord endete. Um Hofer zu finden, falls er überhaupt noch lebt, werden wir Amtshilfe in den USA beantragen. So, jetzt gehen wir in die Kantine, Torsten. Weißt du, was es heute gibt?«

Die Mittagspause war schon fast vorbei, als Fuchs und Ritter die Kantine betraten. Nur noch vereinzelt saßen Kollegen und Kolleginnen an einigen Tischen. Der Blick von Hauptkommissar Fuchs fiel auf seinen Kollegen Vitus, der ihm von seinem mysteriösen Fall des amerikanischen Patienten erzählt hatte, der plötzlich aus der Klinik verschwunden war. Er setzte sich an den Tisch seines Kollegen.

»Mahlzeit, Vitus. Habt ihr was Neues von eurem amerikanischen Patienten?«

»Nein, da tut sich überhaupt nichts, und wie sieht's bei dir aus?«

»Du bist ja morgen beim Round-Table-Talk dabei, da werden wir ausführlich über den Stand der Ermittlungen berichten. Aber, sag mal, wisst ihr, wo man den Bewusstlosen gefunden hat, du sagtest doch, es war ein Drogenfall.«

»Nein, das kann ich dir nicht sagen, aber der Rettungsdienst müsste da ein Protokoll haben.«

»Kannst du mir mal deine Akte bis heute Abend überlassen, mich interessieren auch die Aussagen der Ärzte und des Personals.«

Vitus schluckte seinen letzten Bissen vom Putenschnitzel hinunter: »Ja, freilich, aber warum brauchst du sie denn?«

»Was mir keine Ruhe lässt, dass bei dem Patienten auch LSD gefunden wurde. Wir haben am Tatort *Vera Seeger* aus einem Teerest ebenfalls LSD analysiert.«

»Das ist ja interessant! Sag mir morgen Bescheid, was du vom Rettungsdienst erfahren hast.«

»Wird gemacht, Vitus.«

Wanner erhob sich, unterdrückte einen Rülpser, murmelte »Mahlzeit« und brachte sein Tablett zur Theke.

Fuchs rief sofort bei der Rettungsleitstelle an und bekam eine Abfuhr. Am Telefon dürfe keine Auskunft gegeben werden, da könne ja jeder anrufen, er müsse schon vorbeikommen, sich ausweisen und einen plausiblen Grund für seine Nachforschungen angeben. Sofort fuhr der Hauptkommissar hin und durfte dann die Protokolle von der Nacht vom 28. auf den 29. Januar einsehen, die von 18 Uhr bis zum nächsten Tag um 6 Uhr reichten. Er überflog acht Protokolle, bis er auf den Einsatz in der Novalisstraße stieß.

Beginn: 20.43 Uhr. Die Hausnummer ist nur um sechs Nummern höher als die der Seeger-Villa, schoss es dem Kommissar durch den Kopf. Der Patient wurde bewusstlos in einem Auto von Anna Sartorius gefunden, die den Rettungsdienst alarmiert hat. Von der Klinik erhielt der Rettungsdienst Namen und Anschrift des Patienten. Benny Miller, Los Angeles, 178. Straße, USA.

Fuchs war wie elektrisiert.

Vielleicht hatte Hofer einen Komplizen, der auch von dem Tee getrunken oder dem man den Tee eingeflößt hatte.

Der Kommissar studierte noch die anderen Berichte jener Nacht, aber es war keiner darunter, der mit seinem Fall in Verbindung stehen könnte. Dann bat er um eine Kopie des Protokolls vom *Einsatz in der Novalisstraße.* Auf der Rückfahrt zum Polizeipräsidium hämmerte es in seinem Kopf: *LSD in beiden Fällen!*

Torsten war schon nach Hause gegangen. Gleich morgen früh wollte Fuchs die Sensation mit seinem Teamkollegen besprechen, bevor das Meeting statt fand. Dann nahm er sich die Akte von Vitus vor, die ihm aber keine neuen Erkenntnisse einbrachte. Man ging im Klinikum zunächst von einem freiwilligen Drogenkonsum, dann von einem möglichen Selbstmordversuch und später von einer möglichen Straftat aus. Protokoll und Akte legte er in seine Schreibtischschublade, die er abschloss.

Die Gegenseite schläft nicht

Wieder einmal war es fast 20 Uhr, als der Kommissar sein Büro verließ. Im Hochgefühl seiner neuen Erkenntnisse schwebte er fast über den Gehsteig in Richtung des nahen Parkhauses. Auf dem Weg zu seinem Auto begegnete er keiner Menschenseele. Als er einsteigen wollte, spürte er einen dumpfen Schlag auf seinen Kopf, dann wurde ihm schwarz vor Augen, er fiel nach vorn und verlor das Bewusstsein. Als er wieder zu sich kam, war er an Händen und Füßen gefesselt und sein Mund war mit Klebestreifen verklebt. An der Decke brannte eine schwache Glühbirne. Er blickte sich im Raum um, entdeckte ein vergittertes Fenster, *könnte ein Kellerfenster sein,* in einer Ecke einen Plastikeimer. Er lag auf einer Isoliermatte und steckte in einem Schlafsack, der gründlich verschnürt worden war. Hand- und Fußfesseln waren aus Metall, das konnte er fühlen. *Müssen Profis gewesen sein.* Da spürte er einen starken Schmerz in Scheitelhöhe. *Hoffentlich ist's nur eine leichte Gehirnerschütterung,* sprach er sich selbst Mut zu. Jetzt sah er auch, dass seine Hand- und Fußfesseln an einer Kette hingen, die um ein dickes Rohr geschlungen war. Also musste der Schlafsack mindestens zwei große Löcher haben.

War es noch Nacht, war es schon der nächste Tag? Welche Chancen habe ich, freizukommen und abzuhauen? Keine. Wenn sie mich ausschalten hätten wollen, wär ich schon mausetot.

Jetzt nahm er das Tropfen eines Wasserhahns wahr: Plong – plong – plong – plong – plong …

Du darfst dich nicht verrückt machen lassen, musst die Nerven behalten, Ewald.

Da hörte er ein Rumpeln an der Tür, das Sperren eines Schlüssels, die Tür wurde aufgestoßen und zwei Männer mit schwarzen Schals bis über die Nase, Sonnenbrillen und tief in die Stirn gezogenen roten Schirmmützen stellten sich mit gezogenen Waffen vor ihn hin.

»Na, Fuchs, wie findest du dein neues Fuchsloch?«, fragte der größere Kerl hämisch und riss ihm die Klebestreifen vom Mund.

»Sagt, was ihr von mir wollt!«

»Du Scheißbulle, dieses Mal haben wir dich ganz schön reingelegt, nicht wahr? Das kommt davon, wenn du deine Nase in Sachen steckst, die dich überhaupt nix angeh'n«, feixte der Kleinere, der eine heisere Stimme und etliche Kilos zu viel auf den Rippen hatte.

»Wo hab' ich denn meine Nase rein gesteckt?«

»Wir haben gehört, dass du deine Stinknase bis nach Amerika lang ziehen willst. Das wirst du nicht tun, hörst du, kleiner Pisser?«, rief der Große und hielt ihm seine Pistole direkt vor die Nase.

Der Fälscher-Ede hat da hinter den Kulissen seine Pfoten drin, ist zwar nicht mehr im Geschäft, aber hat bestimmt noch Kontakte zu solchen Typen.

»Und was passiert, wenn ich's doch tue?«

Fuchs war es, als habe sich ein cooler Zwilling von ihm gelöst, der Nerven wie Drahtseile hatte, während er selbst diesem Zwilling zuhörte.

»Peng – peng – peng«, rief der kleine Dicke. »Und, noch was, Arschgeige. Die alte Totschlagsgeschichte verkneifst du dir, ist das klar?«

Der Kleine fuchtelte mit seiner Pistole vor Ewalds Gesicht herum und stieß sie ihm dann in die Magengegend. »Also, was ist?«

»Lasst mir Zeit, darüber nachzudenken.«

»Wir kommen in einer halben Stunde wieder und wenn du dann nicht spurst, knallen wir dich ab.«

Der lange Typ versetzte Fuchs ein paar kräftige Fußtritte in den Unterleib, dann verließen die Kerle das Kellergefängnis und schlossen wieder ab. Im Gehirn des Hauptkommissars arbeitete es fieberhaft.

Die Sache mit dem Wiederaufrollen des alten Totschlagsverfahrens war ja nur ein Bluff, da kann ich ruhig versprechen, dass ich nichts unternehmen werde, aber die geplante Amtshilfe in den USA … Torsten ist ja schon eingeweiht, bis auf die letzte Information, die ich ihm morgen mitteilen wollte, und wenn ich morgen nicht zum Dienst erscheine, muss er allein zum Meeting und hat keine Ahnung, dass es mich Kopf und Kragen kostet, wenn die USA-Recherchen nicht gestoppt werden. Ich muss die Typen dazu bringen, dass ich Torsten anrufen kann.

Die halbe Stunde war um und die beiden Typen bauten sich wieder vor ihm auf.

»Du wirst jetzt veranlassen, dass die Untersuchungen sofort gestoppt werden … «

»Moment mal, Männer, wenn ich die Ermittlungen aufhalten soll, dann muss ich meinem Kollegen Bescheid geben, denn er weiß alles, er sitzt mit mir in einem Zimmer.«

Darauf waren die Ganoven nicht gefasst. Ratlos blickten sie einander an. Dann keifte der Kleine: »Das müssen wir besprechen, Weichhirn. Wir kommen gleich wieder.«

Fuchs fing an, die Wassertropfen zu zählen. Als er bei 459 angekommen war, wurde die Tür aufgestoßen.

»Übrigens, Bullenschwein, bluffen kannst du nicht. Wir haben ein paar von unseren Leuten in eurem Bau. Du kannst jetzt telefonieren, wenn du nicht, aber auch gar kein klitzekleines Fitzelchen zu erkennen gibst, dass du in unserem Knast sitzt, verstanden? Noch was. Tut der, was du ihm sagst?«

Der Kommissar nickte. »Von dem Wiederaufnahmeverfahren wegen Totschlag weiß mein Kollege nichts und ich habe noch nichts unternommen. Das kann ich allein abhaken.«

»Gut, dann sag uns die Nummer von deinem Idioten, wir halten dir das Handy an deine Fresse!«

Fuchs spürte Erleichterung, als Ritter sich meldete. »Hallo, Torsten, hier ist Fuchs. Ich hab mir noch mal alles durch den Kopf gehen lassen wegen morgen, wenn wir unsere Ermittlungsergebnisse auspacken müssen. Ich denk', die Sache mit den USA, die behalten wir noch für uns, bis wir konkret wissen, was wir unternehmen können. Nimm also diese Unterlagen aus den Akten und leg sie in meine Schreibtischschublade.«

Am anderen Ende herrschte Stille.

»Gut Chef, mach' ich«, kam dann endlich durch den Hörer, während Fuchs Höllenqualen litt.

»Ich hab' übrigens scheußliche Zahnschmerzen. Weiß noch nicht, ob ich morgen kommen kann, Torsten.«

»Um Himmels willen, Chef, Sie können mich doch nicht allein zum Meeting schicken! Haben Sie sich Tabletten besorgt?«

»Ja. Ich versuch', ob's gehen wird. Wenn nicht, dann wird's deine erste Feuerprobe und die bestehst du mit einer glatten Eins. Tschüss Torsten!«

Die beiden Entführer grunzten zufrieden. »So, nun gib uns dein Ehrenwort«, herrschte der Größere den Kommissar an. »Wenn du's brichst, bist du mausetot.«

Darauf verklebten sie ihm wieder den Mund und banden ihm eine schwarze Augenbinde um, zerrten ihn unter Fußtritten ins Freie, setzten ihn in ein Auto und fuhren los. Der Kommissar versuchte, in etwa die Zeit abzuschätzen, wie lange sie unterwegs waren. Dann stoppten sie, und der mit der heiseren Stimme sagte: »So, wir nehmen dir jetzt die Fesseln ab. Und du bleibst hier stehen. Wenn du bis 1000 gezählt hast, darfst du auch den Klebestreifen und die Augenbinde abnehmen und dich auf die Socken machen. Einer von uns versteckt sich hier und beobachtet dich, hältst du dich nicht dran, kannst du dein Testament machen.«

Fuchs nickte. Er hielt sich an die Abmachung, hörte das Auto wegfahren und zählte betont langsam. Dann befreite er sich von der Augenbinde und dem Klebezeug. Es war dunkel. Um ihn herum Föhren. *Das wird der Reichswald sein.* Wo er sich befand, wusste er nicht, der Reichswald sieht überall ähnlich aus. Dürrer Steckerlaswald, Föhren, die auf dem Sandboden wachsen, der an vielen Stellen von Moos oder Heidekraut überzogen ist. Das Unterholz wächst nur spärlich. Der Kommissar schaute auf die Leuchtziffern seiner Armbanduhr: 3.17 Uhr, schaltete sein Handy ein, das die Verbrecher ausgeschaltet hatten. Als er die Nummer seines privaten Festanschlusses gewählt hatte, marschierte er los und ließ den Apparat so lange klingeln, bis das Besetztzeichen zu hören war.

Na, sie wird tief und fest schlafen. Nun versuchte er, Marianne über ihr Handy zu erreichen. Es klingelte, bis eine freundliche Stimme sagte: »Der Anschluss ist zur Zeit leider nicht besetzt. Wenn Sie eine Nachricht hinterlassen wollen, sprechen Sie bitte nach dem Signalton. Der Teilnehmer ruft baldmöglichst zurück.«

»Ja, hier ist Ewald«, sprach er aufs Band. »Mach dir keine Sorgen, Marianne, ich hab' die Nacht durchgearbeitet. Wir haben heute ein wichtiges Gespräch im Büro. Du erreichst mich jederzeit über mein Handy. Bis heute Abend!«

Dann wählte er die Nummer seines Chefs Dr. Watzek. »Hier Fuchs, ich bin entführt worden.«

»Also, Fuchs, wissen Sie, wie spät es ist? Ich hab' schon originellere Scherze gehört. Lassen Sie mich gefälligst mit Ihren Marotten in Ruhe«, brüllte der Oberste ins Telefon.

»Entschuldigen Sie bitte, aber das ist die Wahrheit. Ich weiß nicht, wo ich bin, steh' jetzt an einer Straße im Reichswald, in der Nähe haben sie mich rausgelassen. Bitte, versuchen Sie, mein Handy orten zu lassen.«

»Hören Sie, Fuchs, wenn Sie mich auf den Arm nehmen wollen, hat das böse Konsequenzen. Was ist denn passiert?«

Der Kommissar erzählte im Telegrammstil, wie er in die Gewalt der Ganoven gekommen war und was sie von ihm verlangt hatten.

Am Ende sagte Watzek, etwas leiser als vorher: »Fuchs, es hört sich zwar wie eine Räuberpistole an, aber ich will Ihnen mal glauben. Werde sofort die notwendigen Schritte einleiten.«

Ein Eichhörnchen huschte über die Straße. Fuchs setzte sich etwas abseits aufden kalten Waldboden, denn er konnte sich nicht länger auf den Beinen halten. Nach etwa einer halben Stunde hörte er die Sirene eines Rettungswagens. Er lief auf die Straße und winkte mit beiden Armen.

Dabei spürte er einen stechenden Schmerz in der Rippengegend. Zwei Fahrzeuge hielten an, Polizeibeamte und ein Rettungsteam eilten auf ihn zu. Erst jetzt fing Fuchs an zu zittern. Noch vor ein paar Sekunden hätte er entschieden jede Hilfe abgelehnt, nun ließ er sich widerstandslos auf die Trage legen. Bald kamen noch andere Streifenwagen und die Beamten begannen, die Gegend nach Spuren abzusuchen, Reifenspuren, Fußspuren, irgendwelchen Gegenständen, die die Entführer verloren haben könnten. Mit Blaulicht und Sirene fuhr der Rettungswagen ins Klinikum und lieferte den Patienten in der Notaufnahme ab.

»Was ist eigentlich passiert«, fragte der junge Arzt und schaute über seine Goldrandbrille auf Ewald hinunter, der auf dem Untersuchungstisch lag. In der Hand hielt der Doktor eine noch leere Karteikarte.

»Ich bin entführt worden. Zuerst hat mir jemand mit einem harten Gegenstand auf den Kopf geschlagen«, Fuchs deutete auf die Stelle, die am meisten schmerzte, »dann war ich bewusstlos. Als ich aufwachte, bekam ich Fußtritte in den Unterleib, den Magen, die Rippen.«

Eifrig machte der Arzt Notizen. »Zeigen Sie mir bitte, auf welcher Seite sie Tritte in die Rippen bekommen haben.«

Der Hauptkommissar deutete auf seine rechte Seite, und spürte, wie sich eine große Müdigkeit in ihm ausbreitete. Plötzlich wurde ihm übel, er versuchte, sich aufzurichten. Eine junge Schwester mit asiatischen Gesichtszügen half ihm dabei. In einem großen Schwall platschte sein Mageninhalt auf die Fliesen.

»Entschuldigung«, murmelte er.

Die Krankenschwester lächelte: »Magt nix« und holte von nebenan Putzutensilien.

Ein Pfleger, ein Hüne von Gestalt, stellte ihm eine metallene Brechschale auf den Bauch. »Falls Ihnen noch mal schlecht wird.«

Ewald schloss die Augen. *Ich möchte schlafen, endlich schlafen.* Im Dämmerzustand nahm er wahr, wie der Arzt ihn untersuchte, die Blutdruckmanschette anlegte, seine Augenlider hob und lange in seine Augen blickte. Jetzt machte man sich an seinem Kopf zu schaffen. Anschließend spürte er einen schmerzhaften Stich an seinem linken Arm.

Er hörte die Stimme des Arztes, die von den Wänden zurück geworfen wurde und in vielen Brechungen an sein Ohr drang: »Fahrt ihn zum Röntgen – *Röntgen*, Kopf und rechte Seite – *Seite*, Rippengegend – *Gegend – Gegend.* Anschließend zum Ultraschall – *Schall – Schall,* Bauchraum – *Raum.* Darauf folgte das Geräusch von rollenden Gummirädern. Plötzlich stand das fahrbare Bett still. Fuchs hatte das Gefühl, eine große Glocke senke sich über ihn, dann wurde es erneut schwarz vor seinen Augen.

»Ist er eingeschlafen oder bewusstlos?«, fragte der Radiologe den stämmigen Krankenpfleger. Der zuckte mit den Achseln.

Als Fuchs aufwachte, spürte er als erstes den Schmerz. In seinem Kopf wühlte er, stach auf ihn ein, bohrte, tobte, raste. *Gleich platzt mein Kopf.* Jeder Atemzug war eine Qual. Im Bauch ein dumpfer Druck. Dann ließ der Patient seinen Blick um sein Bett kreisen. Rechts zwei Infusionsflaschen, links ein Kabel zu einem Gerät, das er nicht kannte und an seinem Bettgestell hing ein Beutel mit Urin. Offenbar war er allein im Zimmer. Die Vorhänge waren zugezogen, gedämpft drang Tageslicht durch den sonnengelben Stoff. Schwungvoll öffnete sich die Tür, und ein Arzt mittleren Alters, groß, schlank, gehetzter Blick, gefolgt von zwei jungen Kollegen, einem Pfleger und zwei Krankenschwestern steuerten auf sein Bett zu.

»Dr. Hookel. Wie geht es denn, Herr Fuchs?«

»Fragen Sie mich was Leichteres!«

Der Verletzte lächelte schwach und schilderte dann knapp und sachlich seine Beschwerden.

»Wir haben die Ergebnisse der Untersuchungen jetzt vollständig vorliegen. Sie haben keinen Schädelbruch und keine Gehirnblutung, das sind doch gute Nachrichten, nicht wahr? Aber eine mittelschwere Gehirnerschütterung. Sie dürfen auf gar keinen Fall aufstehen. Wenn der Hirndruck nicht noch steigt, brauchen wir nicht einzugreifen. Ihre Blutwerte sind im Normbereich. Zwei Rippen sind angeknackst, aber nicht gebrochen. An der Bauchdecke haben wir mehrere Hämatome festgestellt, also Blutergüsse, der Bauch wird noch alle Farben des Regenbogens annehmen, aber Sie haben keine inneren Verletzungen.«

»Herr Doktor, wann kann ich wieder arbeiten?«

»Aber, Herr Fuchs, fragen Sie mich was Leichteres! Wir müssen erst den Heilungsprozess beobachten. Gefällt es Ihnen nicht bei uns?«

Fuchs lächelte mit schmalen Lippen: »Ja, es würde mir bei euch prima gefallen, wenn ich gesund wäre. Aber ich habe eine große Bitte, Herr Doktor. Meine Partnerin konnte ich, bevor ich eingeliefert wurde, nicht telefonisch erreichen. Würde mir bitte jemand beim Telefonieren helfen, ich bin ja total verkabelt.«

»Aber sicher, Herr Fuchs. Sobald wir mit der Visite auf der Station fertig sind, kommt Schwester Edith zu Ihnen.«

Mit schwingenden Arztmänteln wandten sich die drei Ärzte zum Gehen. Die drei Krankenschwestern folgten schwatzend dem schweigsamen Pfleger.

Ungeduldig wartete Fuchs auf die Schwester. Endlich. Er fragte zunächst nach Tag und Stunde. Mittwoch, 14.20 Uhr. Dann nannte er der Pflegerin die Telefonnummer für Mariannes Büro beim Versandhaus *Quelle*.

Der Telefonhörer wurde an sein Ohr gehalten. Frau Bauer nahm das Gespräch entgegen: »Herr Fuchs, Marianne ist heute nicht zur Arbeit gekommen. Nein, angerufen hat sie auch nicht.«

Dann der Versuch, Marianne über ihr Handy zu erreichen. Sie meldete sich nicht und Fuchs sprach aufs Band: »Marianne, ich bin im Südklinikum, hatte einen kleinen Unfall. Mach dir keine Sorgen!«

Dann wählte Schwester Edith die Nummer des Festanschlusses in der Wohnung von Fuchs. Niemand hob ab. »Nun muss ich Sie bitten, Schwester, mir mein Adressbuch aus meiner Jackentasche zu holen.«

Mit schwerem Schritt ging Schwester Edith zum Schrank und holte das Gewünschte. Aber auch die Anrufe bei den Eltern und Geschwistern Mariannes, sowie bei ihrer besten Freundin Karla brachten kein Ergebnis.

Fuchs brach der kalte Schweiß aus. »Bitte, Schwester, verbinden Sie mich mit meinem Büro!«

Torsten hob ab. »Chef, ich, ich bin erschüttert. Dr. Watzek hat uns beim Meeting informiert. Auskunftssperre für die Presse. Wie geht es Ihnen?«

»Ja, Torsten, den Umständen entsprechend. Aber Marianne ist verschwunden. Gib eine Vermisstenanzeige auf, ich kann sie seit … seit zwei Tagen nicht erreichen und habe alle angerufen. Niemand weiß, wo sie ist. Geh zu Dr. Watzek und sag ihm, es könnte sein, dass auch sie entführt worden ist. Die zweite Möglichkeit wäre, dass sie bewusstlos in unserer Wohnung liegt. Bitte, mach schnell!«.

»Chef, regen Sie sich nicht auf! Ich komme heute Abend vorbei und besuche Sie.«

Der Kommissar war blass geworden, das Zittern breitete sich über den ganzen Körper aus. Eilig verließ die Schwester das Krankenzimmer, ließ die Tür offen und kam mit dem Stationsarzt wieder. Dr. Hookel fühlte den Puls, während die Pflegerin die Blutdruckmanschette anlegte.

Der Arzt blickte ihn besorgt an und krempelte den Ärmel des Patienten hoch. Der Kranke blickte auf die Hand des Arztes – *Pianisten- und Chirurgenhände* – ging es ihm durch den Kopf – und jetzt spürte er, wie ihm ganz langsam eine Flüssigkeit in die Vene der linken Armbeuge gespritzt wurde. Bald darauf schlief er ein.

Als Ritter das Klinikzimmer betrat, war sein Chef wach. Ein kaltes, grelles Neonlicht tauchte das Zimmer in geisterhaftes Licht. Zunächst konnte Fuchs den Besucher nicht erkennen; ein riesiger Strauß gelber und weißer Nelken verdeckte dessen Gesicht.

»Ah, Torsten!«

»Chef, wie geht es Ihnen?«

»Ach, ich hab 'ne kleine Gehirnerschütterung und zwei Rippen sind angeknackst, sonst geht's mir blendend. Was hat der Watzek unternommen?«

Torsten wusste nicht, wohin mit dem Blumenstrauß, da kam Schwester Edith herein und nahm ihm den Strauß ab.

»Ich hol eine Vase.«

»Der Wanner hat die Leitung Ihrer Entführung übernommen, ich bin mit im Team und außerdem noch die Neue, die Carstens und der alte Bause. Wanner will übermorgen hier aufkreuzen und Sie ins Kreuzverhör nehmen.«

»Hm.« Fuchs spürte, dass das Gespräch Schmerzen im Kopf auslöste.

»Ja, sag dem Vitus, dem Wanner, das muss sich der Stummer ausgedacht haben, ich denk, er ist der Strippenzieher hinter den Kulissen, denn nur er weiß, dass wir in den USA recherchieren wollten, weil er mir von Hofers Auswanderung nach Amerika erzählt hat. Und außerdem kann nur der Stummer wissen, dass ich ihm mit der alten Totschlagsgeschichte gedroht habe, da hab ich ihm zwar einen Bären aufgebunden, aber das weiß er ja nicht. Ich musste mein Ehrenwort geben, dass ich beides unterlasse.«

Erschöpft schwieg der Kommissar. Torstens Stirn hatte Sorgenfalten bekommen.

»Der Wanner soll gleich morgen den Fälscher-Ede unangemeldet in die Mangel nehmen, aber auf die harte Tour! Droht ihm meinetwegen mit einer Festnahme.«

Der Patient schloss die Augen, die Schmerzen im Kopf wurden unerträglich.

»Und was habt ihr wegen Marianne unternommen?«

»Zwei Beamte sind zu Ihrer Wohnung gefahren, Chef. Sie war nicht da und die Wohnung war aufgeräumt, irgendeine Nachricht an Sie fanden sie auch nicht.«

Fuchs presste die Lippen aufeinander, körperlicher und seelischer Schmerz verschmolzen zu einem bedrohlichen Berg, der auf ihn zu stürzen drohte. Ritter hatte ein feines Gespür für den Zustand seines Chefs und verabschiedete sich bald, nachdem er ihm »Gute Besserung« gewünscht hatte.

»Ich halt' Sie auf dem laufenden, Chef«, rief er im Hinausgehen.

Spät am Abend kam die Nachtschwester in Begleitung von Doktor Hookel in sein Zimmer. Der Patient lag mit schmerzverzerrtem Gesicht in den Kissen.

»Schwester Karin, geben Sie ihm dann gleich noch eine Spritze gegen die Schmerzen!«

Ewald Fuchs schwieg und starrte an die Decke.

Ein leeres Nest

Wanner und Ritter fuhren am nächsten Morgen in Begleitung von zwei Beamten des SEK gegen 10 Uhr zu Ede Stummers Wohnung und klingelten an seiner Tür. Nichts rührte sich. Sie klingelten noch einmal. Und noch einmal. Klopften lautstark an die Tür. Riefen seinen Namen. Nichts. Die Beamten des SEK öffneten schließlich mit ihrem Spezialschlüssel die Tür. Das Nest war leer. Die Wohnung ausgeräumt. Außer dem Gasherd war kein Möbelstück und kein Gegenstand mehr vorhanden.

»Der Vogel ist ausgeflogen«, meinte Wanner. Seine Stimme hallte von den Wänden der leeren Wohnung wider. Als die Beamten die Treppe hinunter gehen wollten, öffnete sich die Wohnungstür der Nachbarwohnung.

»Suchen Sie Herrn Stummer?«

Eine alte Frau, Ritter schätzte sie auf etwa siebzig, hielt ihren grauen Lockenkopf aus der Tür.

»Ja. Wissen Sie, wo er hin gezogen ist?«, fragte Wanner.

Die Tür öffnete sich ein paar Zentimeter weiter, und die Frau stand nun im Türrahmen, mit einem alten verwaschenen, rosa Morgenrock bekleidet, der ihr viel zu weit war. Ihre Augen musterten die Männer wieselflink.

»Er hat mir erzählt, dass er ins Altenheim muss.«

»Wissen Sie, in welches Heim er ging, Frau …?«

»Nopitsch, Veronika Nopitsch. Ins Wastl hat er gesagt, ja, ins Wastl.«

»Sie meinen das Sebastians-Spital, Frau Nopitsch?«

Die Frau nickte.

»Dann besten Dank!«

An der Pforte des Sebastianspitals gab sich Wanner als Besucher aus und fragte nach Stummer. Die Dame suchte im Computer nach dem gewünschten Namen, um die Zimmernummer zu finden. Zwei, drei Mal ging sie die Liste durch.

»Tut mir leid, aber bei uns ist kein Aegidius Stummer gemeldet. Vielleicht ist er in einem anderen Heim.«

Emotionslos war diese Auskunft, ein Automat hätte den Dienst an der Pforte übernehmen können. Wanner schluckte und zog Torsten aus dem Gebäude. Draußen ließ er seinem Ärger freien Lauf.

»Dieser miese kleine Ganove«, schrie er, mit geschwollenen Zornesadern und rot bis zu den Haarwurzeln. »Denkt, er kann uns verscheißern. Ist untergetaucht.«

Und nachdem Hauptkommissar Wanner tief Luft geholt und sich wieder in der Gewalt hatte, sagte er zu Ritter:

»Routinemäßig können wir nun alle öffentlichen und privaten Altenheime in Nürnberg und Umgebung anrufen und fragen, ob er dort untergebracht ist, aber ich fürchte …« Der Teamchef ließ den Satz unvollendet.

»Also zurück ins Büro. Wir teilen die Anruferei zwischen Ihnen, Carstens, Bause und mir auf, dann müssten wir heute Abend Klarheit haben.

Wanner klemmte seinen Bierbauch hinters Steuer, Torsten setzte sich auf den Beifahrersitz.

Es war zehn Minuten vor Dienstschluss, als sich das Team unter Leitung Wanners in dessen Büro traf. Die Besprechung dauerte nur wenige Minuten. Niemand hatte Stummer ausfindig machen können.

»Was tun wir jetzt?«, fragte Torsten gespannt.

»Tjaaaa«, begann Wanner und fuhr durch sein schütteres Haar, »wir geben heute noch deutschlandweit eine Fahndung heraus. Stummers Foto müsste in den Akten sein. Können Sie das machen, Frau Carstens?«

Die Angesprochene antwortete ohne Zögern: »Selbstverständlich, Herr Wanner.«

»Gut, dann übergebe ich Ihnen seine Akte. Guten Abend, Kollegen!«

Und fort war er. Ritter fand es unfair, dass Wanner ausgerechnet der Neuen eine so wichtige Aufgabe zugeschoben hatte, sagte aber nichts. *Vielleicht will er sie gleich auf Herz und Nieren prüfen,* dachte er, *aber es ist prima, dass er mich nicht eingesetzt hat, ich will ja jetzt den Chef in der Klinik besuchen.*

Am Morgen wartete Fuchs gespannt auf den Stationsarzt. Endlich huschte Dr. Hookel herein, ohne Gefolge, und beugte sich lange über ihn und nahm seine Augen gründlich ins Visier.

»Wir haben Glück, Herr Fuchs. Der Hirndruck ist etwas gesunken. Es wird ohne Eingriff gehen.« Der Arzt berührte die Schulter des Kranken und nickte ihm aufmunternd zu.

Hauptkommissar Fuchs wurde nach zwei Wochen aus der Klinik entlassen. Täglich hatte er mit Wanner telefoniert, der die Ermittlungen in seinem und in Mariannes Entführungsfall leitete. Das Team war noch um Sebastian Sabel aufgestockt worden, einen Spezialisten für Entführungen.

Im Fall *Marianne Steiger* stellte sich immer noch die Frage, ob sie sich vielleicht freiwillig an einem unbekannten Ort oder bei einer Person, die Fuchs nicht kannte, aufhielt. Und ob sie überhaupt noch lebte. Die Fahndung nach Stummer führte in Deutschland zu keinem Ergebnis.

Kategorisch hatte sein Hausarzt entschieden, dass Fuchs nach dem Klinikaufenthalt noch vier Wochen Schonung brauche. Der Genesende litt zeitweilig unter starken Kopfschmerzen und Schlaflosigkeit, seine Gedanken kreisten ständig um Marianne. Manchmal fürchtete er, durchzudrehen, denn es gab keinen Anhaltspunkt für den Aufenthaltsort seiner Partnerin. Und er konnte sich in den Fall nicht einschalten. Es war, als laufe er ständig gegen eine Wand. Die Ermittler hatten Mariannes Adressbuch in der Wohnung gefunden und grasten, nach Rücksprache mit Fuchs, alle möglichen Anschriften ab. Das Ergebnis war gleich Null. In Mariannes Fall entschied Wanner, der Presse ein Foto zu überlassen. Er schilderte den Journalisten den Vermisstenfall *Marianne Steiger*, ohne auch nur einen Seidenfaden zur Entführung von Fuchs oder gar zum Mord von Vera Seeger zu spannen. Der Artikel erschien in allen großen deutschen Tageszeitungen.

Fünf Hinweise gingen ein. Jemand wollte sie im Nürnberger Opernhaus gesehen haben, ein anderer im Katzwanger Schwimmbad, ein dritter in der Kölner U-Bahn, der vierte im Zug von München nach Garmisch und der fünfte in einem Einkaufsmarkt in Weimar. Man überprüfte alle Hinweise – Fehlanzeige. Also stocherte man weiter im Heuhaufen herum.

Hauptkommissar Wanner war zur Vernehmung seines Kollegen Fuchs noch ins Klinikum gekommen. In erster Linie wollte er eine detaillierte Beschreibung der beiden Entführer haben. Der Kranke aber konnte nur spärliche Angaben machen. Beide Entführer hatten schwarze Schals bis über die Nase gezogen, die Augen waren mit Sonnenbrillen verdeckt und die roten Schirmmützen verhinderten, dass man Frisur und Haarfarbe erkennen konnte. Der eine Ganove war groß und weder dünn noch dick, der andere war zehn bis fünfzehn Zentimeter kleiner und vollschlank. Beide trugen dunkelblaue Trainingsanzüge mit weißen Streifen an der Hosennaht, billige Ware. Nach ihrer Aussprache befragt, sagte Fuchs, man habe keinen Dialekt heraushören können, aber an einigen Worten merkte man, dass der Große vermutlich aus Norddeutschland und der Kleine aus Franken sei. Es war eine dünne Basis. Wo er gefangen gehalten wurde, konnte er beim besten Willen nicht sagen, ging aber davon aus, dass sich das Kellerloch in Nürnberg befand. Vorbeirauschende Autos hatte er schwach wahr genommen. Mehr konnte das Entführungsopfer nicht zur Aufklärung beitragen.

Der Fall *Fuchs* blieb weiterhin für die Presse tabu. Man wollte sein Leben nicht gefährden. Oberkommissar Sabel machte den Vorschlag, verdeckte Ermittler in die Kneipen zu schicken, die von den Gangstern bevorzugt wurden. Dort hörten sich die Beamten um. Sie wollten erfahren, mit welchen Typen Stummer noch Kontakt hatte. Es dauerte volle drei Wochen, bis sie überhaupt an die Ganoven herankamen, denn naturgemäß sind die Knastbrüder misstrauisch. Dann suchten die verdeckten Ermittler drei der Typen auf, die ihnen genannt worden waren, jedoch passte auf keinen der Kerle die Beschreibung. Man trat auf der Stelle.

Zehn Tage bevor Fuchs seinen Dienst aufnehmen konnte, lag ein Brief, unfrankiert und ohne Absender, in seinem Briefkasten. Er riss ihn auf. Eine Mitteilung in Druckschrift, mit Kugelschreiber, ohne Anrede: »Wir haben sie. Du weißt, warum. Deng an dein Erenwort.« Keine Unterschrift.

Er hätte am liebsten einen Luftsprung gemacht, aber eine Nachbarin war gerade zur Haustür hereingekommen. So ernst die Nachricht auch war, Ewald konnte davon ausgehen, dass Marianne noch lebte! Er fuhr zu seiner Dienststelle und legte Vitus Wanner den Brief wortlos auf den Schreibtisch. Die Untersuchung ergab keine Fingerabdrücke.

Endlich war der Tag gekommen, als Fuchs wieder in sein Büro gehen durfte. Schon um 8 Uhr klingelte sein Telefon, Dr. Watzek erwartete ihn.

»Es freut mich, dass Sie wieder da sind, Fuchs. Wie geht es Ihnen?«

»Danke. Ich bin wieder gesund und voll einsatzfähig.«

»Es tut uns außerordentlich leid, dass wir Ihre Freundin bis jetzt nicht finden konnten, aber wir bleiben am Ball, Fuchs, das verspreche ich Ihnen.«

Watzek war aufgestanden. Fuchs deutete das als Zeichen, dass das Gespräch zu Ende war und wandte sich zum Gehen.

»Nein, Fuchs, bleiben Sie noch einen Augenblick.«

Watzek nestelte an seiner Krawatte herum.

»Ja, Fuchs, die psychische Belastung, der Sie durch das Verschwinden Ihrer Freundin ausgesetzt sind, dürfte groß sein und so haben wir entschieden, dass wir Sie vom Fall Vera Seeger entlasten wollen.«

»Waas?«, rief Fuchs erstaunt. »Das ist *mein* Fall und ich bringe ihn auch zu Ende!«

Er setzte sein Pokergesicht auf.

»Nun, Fuchs, wir haben entschieden, dass Sie jetzt einen Fall übernehmen, der 15 Jahre zurückliegt, den Mord an einer Prostituierten. Sehr viel Aufsehen war das damals. Der Sohn der Ermordeten hat uns vorige Woche ihr letztes Tagebuch übergeben.«

Fuchs umklammerte die Stuhllehne, versuchte, sich zu beherrschen und sprach so leise, dass sein Chef drei Schritte zurückwich.

»Ich lasse mir den Fall *Vera Seeger* nicht wegnehmen. Wenn Sie darauf bestehen, quittiere ich sofort meinen Dienst!«

»Aber, Fuchs, nun seien Sie doch vernünftig! Sie vergeben sich nichts, wenn Sie einen neuen Fall übernehmen. Und außerdem wissen Sie ja selbst, was die Entführer von Ihnen forderten. Ich kann Sie doch nicht bei diesem Fall weiterhin einsetzen, da wäre unter Umständen Ihr Leben in Gefahr.«

Watzek blickte ihm fragend in die Augen.

»Bitte, gehen Sie jetzt in Ihr Büro. Ich werde unsere Entscheidung noch einmal überdenken und falls ich zu einer anderen Lösung komme, muss ich mir Rückendeckung von ganz oben holen.«

Hauptkommissar Fuchs verließ ohne ein weiteres Wort das Büro seines Chefs.

Eine makabre Entdeckung

Otto Hagen, ein rüstiger Rentner, der täglich mit seinem jungen Schäferhund Moritz im südlichen Reichswald unterwegs war, hatte heute eine Strecke ausgesucht, die er zuletzt im Spätherbst des vergangenen Jahres gegangen war. Jetzt im März, es hatte lange nicht mehr geregnet, waren die Wege trocken. Die Sonne schien durch die Föhrenkronen und Hagen hätte gern seine Jacke ausgezogen, aber dann hätte er sie tragen müssen. Nach einer guten Stunde bogen Herr und Hund zu einem schmalen Pfad ab, auf dem man Fuß vor Fuß setzen musste. Teilweise war er überwuchert, aber der leidenschaftliche Wanderer und frühere Pfadfinder Hagen kannte *den Reichswald wie sein Wohnzimmer,* wie er immer sagte, und verlief sich nie. Braunes Heidekraut streifte seine Wanderstiefel.

Hier bin ich noch nie jemandem begegnet, ging es ihm durch den Kopf.

Moritz lief voraus und war in seinem Hundeelement, schnüffelte hier, schnüffelte da, lief wieder zu seinem Herrchen zurück, der einen dürren Ast warf, den der Hund brav apportierte und dann darauf wartete, gelobt zu werden. »Bist a braver Kerl, Moritz, jaa, jetzt werf' ich wieder und du holst den Ast. So, lauf', hol ihn!«

Der Schäferhund rannte fort, spürte den Ast auf, nahm ihn in seine Schnauze, witterte, ließ den Ast fallen und lief plötzlich quer durch den Wald.

»Ja, was hast denn, Moritz? Spinnst du? Kommst du gleich her, du Räuber! Bei Fuß, bei Fuß, Moritz!«

Aber der Hund lief weiter, schnüffelte immer wieder am Waldboden, und dem Herrchen blieb nichts anderes übrig, als ihm zu folgen. Beide näherten sich nach etwa hundert Metern einem Dickicht, das Hagen gut kannte, denn dort war eine Quelle, aus der der Hund im Hochsommer gerne trank und auch Hagen sich schon erfrischt hatte. Der Pfad, den sie verlassen hatten, führte in einiger Entfernung dort vorbei.

»Jetzt muss der Kerl auch noch ins Dickicht, der Bazi, der lumperte«, schimpfte Hagen vor sich hin und bog die Zweige beiseite, um dem Hund zu folgen. Da entdeckte er, welchen Spuren der Hund gefolgt war. Ein totes Rehkitz lag im dichten Unterholz. Es musste erst vor Kurzem gerissen worden sein, hatte Bisswunden am Hals und lag in einer Blutlache.

»Hilfe, Hilfe, Hilfe«, hörte Hagen plötzlich rufen. Eine weibliche Stimme. Moritz ließ von seinem wertvollen Fund ab und zwängte sich durchs dichte Unterholz, sein Herrchen stolperte mühsam hinter ihm her. Dann blieb dem Rentner Otto Hagen der Mund offen stehen. Auf einer kleinen Lichtung stand eine Blockhütte. Von dort schienen die Hilferufe zu kommen. »Wo sind Sie?«, rief er.

»In der Hütte«, kam es zurück.

Dem alten Mann lief es kalt über den Rücken, als er ganz nah vor der Hütte stand. Die Tür war mit drei Eisenstangen und mit zwei Vorhängeschlössern verrammelt. Auch die Eisenstangen waren mit Schlössern gesichert. Hagen umrundete die Hütte und suchte nach einem Fenster. Es gab keines.

»Ich kann Ihnen nicht helfen, die Tür ist verriegelt. Aber ich geh jetzt zurück und verständige die Polizei. Wie lang sind Sie denn hier schon eingesperrt?«

»Ich weiß es nicht, aber es sind bestimmt schon ein paar Wochen.«

Die Stimme der Frau bebte. Im Eilschritt machte sich Hagen mit seinem Hund auf den Rückweg und brummte vor sich hin: »Hat mein Enkel doch recht gehabt, wie er mir gsagt hat, ›Opa, ohne Handy geht man heut nicht mehr aus dem Haus!‹« Hagen hatte damals gelacht. »Und, was ist, wenn du dich im Wald verläufst oder wenn du Hilfe brauchst?« Mehr als eine wegwerfende Geste hatte er für den Rat seines Enkels damals nicht übrig gehabt.

Hagen führte die Streifenbeamten zur Hütte. Ein ganzes Team machte sich an die Arbeit. Die Eisenstangen mussten aufgeschweißt werden, die Vorhängeschlösser aber stellten kein großes Problem dar, man konnte sie mit einem Dietrich aufmachen. Als die Beamten die Tür öffneten, stand ihnen eine bleiche, abgemagerte Frau gegenüber. Ein Ärzteteam und Sanitäter waren inzwischen eingetroffen. Nach der Erstuntersuchung führte man die Frau durchs dichte Unterholz auf den Pfad, da knickten ihre Knie ein und sie erlitt einen Schwächeanfall. Die Sanitäter legten sie auf eine Trage und trugen sie bis zum Weg, wo der Rettungswagen wartete. Ein Streifenbeamter bat, mit bis zur Klinik fahren zu dürfen, und stellte der Frau ein paar Fragen. Mehr erlaubte der Arzt nicht.

Im Protokoll des Beamten war nachzulesen, dass der Name der Frau *Marianne Steiger* war.

»Ich bin ich entführt worden, war auf dem Weg von meinem Auto zur Wohnung. Es muss halb 8 Uhr abends gewesen sein. Jemand hat mir von hinten einen Sack über den Kopf gestülpt und mich in ein Auto gezerrt. Dann bin ich hierher gebracht worden.«

Nach dem Aussehen der Entführer befragt, sagte sie, dass man sie stets zwang, eine Augenbinde zu tragen, wenn sie die Hütte betraten und Lebensmittel brachten.

»So, Herr Wachtmeister, jetzt braucht die Patientin vor allem Ruhe«, wehrte der Arzt energisch weitere Fragen ab. Nach einer Weile hob Marianne Steiger ihre Hand ein wenig hoch und sagte leise: »Unter meiner Matratze in der Hütte sind Blätter versteckt, Toilettenpapier, ich habe Tagebuch geführt, jedes Mal nur wenige Sätze, denn ich musste ja Papier sparen.«

Der Rettungswagen war jetzt am Eingang zur Notaufnahme angekommen.

Nachdem Fuchs etwa zwei Stunden ziellos in der City herumgeirrt war und in einem Stehcafé einen Latte Macchiato getrunken hatte, hatte er seine Wut so weit im Griff, dass er ins Büro zurückkehren konnte. Auf dem Schreibtisch des Hauptkommissars lag ein Briefumschlag. Er war an ihn adressiert, mit seinem Dienstgrad und der Zimmernummer seines Büros versehen. Auf der Rückseite der Absender:

Dr. Jochen Watzek. Fuchs riss den Umschlag auf.

Sehr geehrter Herr Kollege Fuchs, nach reiflicher Überlegung haben wir entschieden, Sie weiterhin mit der Leitung des Falles Vera Seeger zu betrauen.

Wenn Sie sich im Laufe der Ermittlungen überfordert fühlen sollten, wenden Sie sich bitte unverzüglich an mich. Wir können Ihnen jeder Zeit personelle Verstärkung anbieten oder den Fall an ein anderes Team übergeben. Mit kollegialen Grüßen

Jochen Watzek

Watzek hatte im Gespräch mit seinem Vorgesetzten darauf hingewiesen, dass Fuchs seinen Dienst quittieren wolle, wenn man ihm den Fall Seeger aus der Hand nehme. Er kenne dessen Sturheit und wolle ihn vor diesem unüberlegten Schritt bewahren. Da Watzeks Chef bedenklich den Kopf hin und her wiegte, schlug Watzek vor, dass man Fuchs eine Chance geben solle und Watzek persönlich würde die Arbeit von Fuchs genau beobachten. Sollten sich Zweifel an der psychischen Belastbarkeit des Hauptkommissars ergeben, werde man ihm den Fall sofort entziehen.

Am nächsten Morgen begab sich Fuchs zu seinem Kollegen Geier, der während seiner Genesungszeit den Fall Seeger geleitet hatte und fragte ihn nach Fortschritten. Geier hatte Martin Seeger, Ursula Weber, Naomi, Wang Li und den Juwelier Stefan Eigner nochmals vorgeladen und ins Kreuzverhör genommen. Alle Zeugen blieben bei ihren früheren Aussagen. Gewisse Verdachtsmomente waren nicht auszuschließen, und im Fall der beiden Erstgenannten gab es auch ein handfestes Motiv. Fuchs ließ sich die Akten geben und ging zurück in sein Büro. Torsten sprang auf und lief ihm bis zur Tür entgegen.

»Na, Torsten, nun bist du wieder unter meiner Fuchtel! Wir dürfen mit Vera Seeger weitermachen. Aber, sag mal, du hast ja dein Markenzeichen gar nicht mehr, deine karierte Fliege, statt dessen einen schicken Schlips.«

»Ja«, strahlte Ritter, »Elke hat mir diese Krawatte geschenkt und da muss ich sie doch ab und zu tragen, nicht wahr?«

Fuchs nickte. »Und, was hast du ihr geschenkt?«

»Elke und ihre kleine Tochter habe ich zu dem Italiener eingeladen, den Sie mir empfohlen haben, Chef. Ich hab' den Kellner wissen lassen, dass ich Ihr Kollege bin. Sie können sich nicht vorstellen, wie der um uns rumgetanzt ist und uns bestens bedient hat, als seien wir hohe Staatsgäste.«

»Gut, Torsten, jetzt krempeln wir beide wieder die Ärmel hoch. Mir ist eingefallen, dass der Fälscher-Ede mir von seiner Tochter Berta erzählt hat. Schau bitte im Telefonbuch nach, ob es da eine Berta Stummer gibt. Wahrscheinlich nicht, denn sie wird wohl geheiratet haben.«

Torsten stürzte sich aufs Telefonbuch. »Ha«, rief er, »hier steht sie, ich werd verrückt, sie heißt Stummer, außer Ede Stummer gibt's keine Stummer-Einträge mehr.«

»Also, das macht uns die Sache leicht. Wir gehen da sofort hin.«

Berta Stummer wohnte nur fünf Häuser von ihrem Vater entfernt, in der Rothenburger Straße, in einem alten roten Backsteinhaus. Die beiden Beamten klingelten und sogleich summte der Türöffner. Aus dem Keller hörten sie eine energische Stimme: »Hier herunter, da bin ich!«

Die Kellerwohnung war düster und eng, aber aufgeräumt und sauber, mit billigen Möbeln, vielleicht Secondhand-Ware, spärlich eingerichtet. Die Vorhänge waren gelbgrau. Es roch nach kaltem Zigarettenrauch. Berta Stummer war eine Matrone von etwa fünfzig Jahren mit dem aufgedunsenen Gesicht und den verschwommenen Konturen einer Alkoholikerin.

Fuchs zeigte seinen Ausweis und die Stummer rief: »Da sind Sie bei mir aber ganz falsch, Herr Kommissar, ich hab' kein Dreck am Steckn, ich bin eine brave Frau.«

»Daran hab' ich keinen Zweifel. Es geht nicht um Sie, Frau Stummer, sondern um Ihren Vater. Er ist fort gezogen, nicht wahr?«

»Ja«. Sie bot den beiden *Kriminalern,* wie sie die Besucher nannte, keinen Platz an.

»Vor ein paar Wochen war ich drüben beim Putzen, da hat mir der Vater gsagt, dass ich jetzt nimmer kommen brauch, ein Kolleg nimmt ihn mit nach Sizilien, das Klima tät ihm gut für sein Rheuma, da will er bleiben, so langs ihm gfällt und seine Möbel tätn mir ja sowieso nicht gfalln, die tät er dem Roten Kreuz schenken.«

Torsten zog seine Augenbrauen hoch, denn Stummers Nachbarin hatte ja ausgesagt, dass Stummer ins Altersheim gezogen war, aber sein Chef stieß ihn unauffällig in die Seite, ein unmissverständliches Zeichen, zu schweigen.

»Ja, wo wohnt er denn jetzt in Sizilien?«

»Ich hab mir die Stadt aufgschriem, aufm Büffet liegt der Zettel, wartn S'! ... Syracus!«

»Und die Straße?«

»Ja, das hat er auch noch nicht gwusst.«

Der Gedanke an eine mögliche Verbindung zwischen Passfälscher-Ede und der sizilianischen Mafia durchfuhr den Hauptkommissar. »Vielen Dank, Frau Stummer, wir werden dann in Sizilien nach Ihrem Vater suchen. Leben Sie eigentlich allein hier?«

»Des geht Sie zwar nix an«, Berta zog einen Schmollmund, »aber ich hab' keine Geheimnisse. Mein Freund, der Waser Horst, wohnt da, aber der ist jetzt in der Arbeit, der hat eine ehrliche Arbeit bei Siemens, da ist er Hausmeister, wenn Sie's genau wissen wolln.«

Der Trotz einer jahrzehntelang Gedemütigten lag in ihrer Stimme.

Es ist nicht leicht, die Tochter eines Ganoven zu sein, dachte Fuchs.

Auf der Straße fand Ritter als erster seine Stimme wieder. »Chef, ich fress' einen Besen, wenn der Stummer in Sizilien ist. Wollen wir uns den Horst Waser auch vorknöpfen?«

»Langsam, Torsten, wir recherchieren jetzt erst über Interpol in Sizilien, gleichzeitig geben wir eine Fahndung in die USA heraus, die sollen *ihre* Fingerabdrücke von Benny Miller mit *unseren* von Axel Hofer vergleichen.«

»Mann, legen Sie ein Tempo vor, Chef! Und was ist mit dem Lebensgefährten von der Berta Stummer?«

»Torsten, glaub mir, da kriegen wir nix Neues raus. Das Erste, was die gute Berta gemacht hat, als wir ihr Kellerloch verlassen haben, war, ihren Freund in der Arbeit anzurufen. Nur, so sicher wie du bin ich nicht und würde auch keinen Besen fressen, dass der Ede nicht doch in Sizilien ist. Aber, so wie ich ihn kenne, hat er sich bestimmt nicht beim Einwohnermeldeamt registrieren lassen. Vielleicht ist er bei einem Mafioso untergetaucht, der seine Kenntnisse gut gebrauchen kann. Oder das Ganze hängt mit der aktuellen Wirtschaftskrise und mit Falschgeld, vielleicht auch mit Geldwäsche, zusammen.

Als Fuchs und Ritter das Polizeipräsidium am Jakobsplatz betraten, rief ihnen der Pförtner schon entgegen: »Herr Fuchs, bitte gleich zu Dr. Watzek!«

»Was will denn der schon wieder?«, maulte Fuchs, als sie außer Hörweite des Pförtners waren.

Missgelaunt öffnete er die Tür zum Chefbüro. Watzek saß mit einem selbstzufriedenen Lächeln in seinem Ledersessel, als hätte er im Lotto gewonnen.

»Fuchs, wir haben Ihre Freundin gefunden«, rief er ihm entgegen.

Um den Hauptkommissar begann sich das Zimmer zu drehen. Er ließ sich auf den harten Stuhl vor dem Chefschreibtisch fallen, ohne aufgefordert worden zu sein, Platz zu nehmen.

»Wann und wo?«

»Heute am frühen Nachmittag, Fuchs«.

»Lebt sie?«

»Ja.«

Dr. Watzek breitete eine genaue Wanderkarte von der Gegend um Nürnberg aus, in dem auch die größeren Waldwege eingezeichnet waren, und zeigte auf eine rot umrandete Stelle im südlichen Reichswald.

»In einer Blockhütte. Sie ist zeitgleich mit Ihnen entführt worden und war dort eingesperrt. Unsere Spurenermittler sind schon vor Ort.«

»Wer hat sie gefunden?«

»Ein Spaziergänger, Otto Hagen.«

»Und wo ist sie jetzt?«

»Im Klinikum, es gibt da wohl Probleme.«

Fuchs räusperte sich. »Bitte, erlauben Sie mir, meine Partnerin jetzt gleich zu besuchen!«

»Herr Fuchs, ich kann Sie voll und ganz verstehen, aber ich habe mit der Klinik telefoniert, man bittet uns eindringlich, die Patientin heute absolut in Ruhe zu lassen, sie wird von einer Untersuchung zur anderen gereicht. Ab morgen früh darf man zu ihr.«

»Hm, dann halte ich mich daran. Komme morgen aber erst gegen zehn, halb elf ins Büro.«

»Selbstverständlich, Fuchs, ich freue mich, dass beide Entführungen ein gutes Ende genommen haben. Wir bleiben natürlich am Ball, um die Hintermänner zu finden, aber das macht ja der Wanner.«

In der engen Blockhütte traten sich die Beamten fast gegenseitig auf die Füße. Einer fotografierte die Hütte von außen, den Innenraum in der Gesamtansicht und dann in Details. Auch das Wanner-Team hatte sich zum Tatort aufgemacht, um Eindrücke zu gewinnen und Schlüsse daraus zu ziehen. Die Holzwände der Blockhütte waren innen vollständig mit 1-Quadratmeter-Metallplatten ausgekleidet. An zwei gegenüberliegenden Innenwänden waren, unmittelbar unter der Decke, je zwölf Luftlöcher von der Größe eines 2-Euro-Stücks hineingebohrt worden, sodass die Luftzufuhr auch ohne Fenster gesichert war. Um Insekten fernzuhalten, waren die Öffnungen mit Gaze aus Kunststoff bespannt. Ein schmales Eisenbett mit einem Schlafsack, einer Decke und einem verschlissenen Sofakissen, das einmal rosa gewesen sein muss, stand an einer Längswand. In einer Ecke eine mobile Toilettenkabine, wie man sie für Gartenhäuschen ohne Wasseranschluss kaufen kann, in einer anderen Ecke eine Emaille-Waschschüssel, daneben ein Stück Seife, ein Plastikkamm und zwei Handtücher. Auf dem Fußboden, der fast vollständig von einem Fleckerlteppich bedeckt war, stand ein Wasserkanister. Auch der Boden und die Decke der Hütte waren mit Metallplatten versiegelt. Neben dem Eingang ein Regal mit einem Gaskocher, einer Tasse, zwei Tellern, je zwei Suppen- und Kaffeelöffeln, zwei Gabeln, einer Packung mit schwarzem Tee, Instantsuppen, Brotscheiben in einem Plastikbeutel, Wurstkonserven, die einen Metallring zum Öffnen hatten, Marmelade und Zuckerwürfel. Alte Zeitschriften und Rätselhefte lagen im Fach darunter, dazu ein Bleistift, ein Trainingsanzug und etwas frische Unterwäsche. Im untersten Fach standen zwei Kästen Mineralwasser. Auf einem runden kleinen Rattantischchen eine batteriebetriebene Leselampe und daneben ein durchgesessener, zerschlissener Polstersessel, dessen Farbe nicht mehr zu erkennen war. In der Nähe ein Gasofen. Die Spurenermittler fanden nur Fingerabdrücke und DNA-Material von Marianne Steiger. Die Entführer hatten offenbar so sorgfältig agiert, dass sie keinerlei Spuren hinterlassen hatten. Dass da Profis am Werk waren, stand außer Zweifel.

Um halb 8 Uhr morgens hatte sich Fuchs auf den Weg von seiner Wohnung zum Klinikum gemacht. Es ging nur stockend voran, und er glaubte, das Pech gepachtet zu haben, denn jede Ampel schaltete auf Rot, wenn er in ihre Nähe kam. Beinahe hätte er in Höhe des AOK-Gebäudes am Frauentorgraben einen grau gekleideten Fußgänger übersehen, der sich todesmutig zwischen die Autos stürzte, anstatt an einer Fußgängerampel die Straße zu überqueren. Seine Gedanken waren bei Marianne.

Ob sie verletzt ist? Wurde sie vergewaltigt? In welcher Verfassung würde er sie antreffen? Ist sie traumatisiert? Wie lange wird sie in der Klinik bleiben müssen?

Hinter ihm begann ein Hupkonzert. Er hatte nicht wahrgenommen, dass die Ampel auf Grün umgeschaltet hatte. Zudem hatte er sich am Plärrer falsch eingeordnet, er wollte doch zum Spittlertorgraben und nicht nach Fürth. Nach einem ärgerlichen Umweg war er endlich auf der richtigen Spur, fuhr den Neutorgraben hinauf, an der Stadtmauer entlang.

Heute nahm er nur im Unterbewusstsein das Postkartenpanorama der Kaiserburg wahr, die seit rund tausend Jahren über die Stadt wacht. Ein kurzer Blick zur Altstadt mit ihren Fachwerkhäusern und den mittelalterlichen Kirchen. Nürnberg ist ein einziges Freiluftmuseum, dachte er und nahm sich vor, wenn Marianne wieder gesund war, wieder einmal mit ihr die Weißgerbergasse zu besuchen, ein Schmuckstück, auf das die Nürnberger stolz sind und sogar die Japaner dorthin führen.

Die alten Fachwerkhäuser sind dort so naturgetreu renoviert worden, dass man sich nicht wundern würde, wenn einem Dürer persönlich begegnen würde und eine Bürgersfrau mit weißem Spitzenhäubchen das Fenster öffnete und neugierig herunterschaute.

Und dann kehren wir beim Schlenkerla an der Burg ein und lassen uns das gute Rauchbier schmecken. Bucher Straße, jetzt muss ich gleich abbiegen. Friedrich-Ebert-Platz. Da ist der Teufel los, die vielen Busse und Straßenbahnen, die Fahrgäste. Da laufen sie auseinander, dort formieren sie sich zu einem Pulk und hier treten sie sich fast auf die Füße. Und die Autos drängeln und lassen sich auf riskante Überholmanöver ein. Wird Marianne allein in einem Zimmer liegen? Ach, wo finde ich jetzt einen Parkplatz?

In der Flurstraße suchte er vergeblich nach einer Parklücke, kurvte noch einige Minuten in den Nebenstraßen herum und fand schließlich eine freies Plätzchen in der Heimerichstraße. Es war inzwischen halb 9 Uhr.

Klein und schmal lag sie in ihren Kissen. Ihr Bett stand am Fenster, im Bett nebenan lag ein junges Mädchen von vielleicht 17 Jahren mit den Stöpseln ihres MP3-Players in den Ohren. Er beugte sich zu Marianne hinunter und küsste sie behutsam auf die Stirn. Sie streckte ihre Arme nach ihm aus und sie umarmten sich. Marianne umklammerte ihn wie eine Ertrinkende und wurde von einem trockenen Schluchzen geschüttelt. Da strich er ihr übers Haar, das in wirren fettigen Strähnen um ihren Kopf hing.

»Was sagen die Ärzte«, begann er das Gespräch und umging zunächst bewusst das Thema *Entführung.*

»Die Visite ist erst später, ich weiß noch nichts«, sagte sie leise und mit schwacher Stimme. Jetzt erst bemerkte Ewald, dass ihre Augen in tiefen Höhlen lagen und ihre Wangen eingefallen waren.

»Wie geht es dir denn, Marianne?«, fragte er und legte seine Hand auf die Ihre.

»Ich bin müde und schwach. Hab' Gott sei Dank keine Schmerzen. Aber das Herz rast ab und zu wie verrückt.«

»Däi wern mei Maadla scho widder hiikräign«, meinte Fuchs und versuchte zu lächeln. In diesem Augenblick war Ewald Fuchs in seinen Dialekt zurückgefallen, den er mit eiserner Disziplin aus seinem Leben verbannt geglaubt hatte.

Als junger Beamtenanwärter hatte ihm einmal ein Seminarleiter unter vier Augen anvertraut: »Sie haben das Zeug zu einer glänzenden Karriere, Fuchs! Aber mit Ihrem Dialekt werden Sie ewig auf Streife sein!«

Fuchs war damals so schockiert, dass er Unterricht bei einem Schauspieler genommen und jede freie Minute geübt hatte. Nach etwa zwei Jahren war er so weit. Er sprach Hochdeutsch und nur, wer ganz genau hinhörte, konnte noch einen Hauch von dem ahnen, was er sich abtrainiert hatte: den Nürnberger Dialekt.

Im Krankenzimmer schwiegen beide lange, dann sagte Marianne: »Es war so schlimm für mich, weil ich dich nicht verständigen konnte, Ewald.«

»Es ist ja jetzt …«

Da öffnete sich die Tür und ein weiß gekleideter Tross strömte herein, zwei Ärzte, zwei Pfleger, eine Schwester.

»Guten Morgen. Dr. Sauer«, stellte sich einer der Ärzte vor. »Sie sind sicher der Ehemann von Frau Steiger?«

Der Arzt streckte ihm die Hand hin.

»Ich bin der Lebensgefährte«, antwortete Fuchs und spürte, wie er rot wurde.

»Dann muss ich Sie bitten, das Zimmer während der Visite zu verlassen, wenn Sie kein Angehöriger sind. Bitte verabschieden Sie sich auch gleich von der Patientin. Sie braucht absolute Ruhe!«

Fuchs küsste Marianne noch einmal auf die Stirn und ging hinaus. Als er auf dem Flur war, ballte er seine Faust in der Hosentasche.

Ich schwöre, dass ich Marianne heiraten werde, sobald sie gesund ist. So etwas wird mir nicht noch einmal passieren.

Fuchs fuhr zum Präsidium, innerlich verletzt und gedemütigt.

Nach einigen Tagen bat er um Akteneinsicht im Fall seiner Partnerin Marianne. In einer Plastikfolie lagen etliche Blätter Toilettenpapier, die eng mit Bleistift beschrieben waren.

Ich weiß nicht, welcher Tag, welche Uhrzeit, welches Datum wir haben. Warum müssen sie immer kommen, wenn ich gerade schlafe? Wenn ich ihre schweren Schritte höre und ihr Hantieren mit den Schlössern, bricht mir der Angstschweiß aus. »Mach deine Augenbinde um«, *ruft von draußen der mit dem slawischen Akzent. Und dann poltern sie herein, knallen Lebensmittel und Flaschen hin. Heute hab' ich gewagt zu fragen, warum ich hier bin. Da hat der mit dem fränkischen Dialekt gebrüllt:* »Keine Fragen, verstanden?«

Meine Vorräte gehen zu Ende. Wenn sie nun nicht mehr kommen? Ist es ein qualvoller Tod, verhungern und verdursten zu müssen? Es geht mir etwas besser, seit ich meine Gedanken aufschreibe. Aber immer wieder rast mein Herz, dass ich Todesangst bekomme. Sie tun mir nichts, aber warum bin ich hier? Warum? Was haben sie mit mir vor? In der ersten Zeit hab' ich mich heiser geschrieen. Bis ich gemerkt hab', es hat keinen Sinn. Von draußen höre ich Rauschen von Bäumen, Vogelgezwitscher, und manchmal klopft ein Specht, manchmal raschelt es, vielleicht huscht ein Tier vorbei.

Sie haben mir einen Trainingsanzug und etwas frische Unterwäsche mit gebracht. »Du kostest uns eine Stange Geld«, *brummte der mit dem slawischen Akzent. Und ich dachte: Dann lasst mich doch frei! Ich hab' stundenlang geheult und dann bin ich eingeschlafen. Und als ich schlief, polterten sie schon wieder draußen herum.* »Augenbinde um!« *Es war noch ein anderer dabei. Der hatte eine tiefe Bassstimme. Und er kam mir so nah, dass ich seinen faulen Atem roch.* »Lass' dich mal anschaun, Täubchen, es geht dir doch gut bei uns, nicht wahr?« *– Ich nickte in panischer Angst. Etwas Hartes, Kaltes hielt er mir gegen die Stirn, ich glaube, einen Revolver.* »Ein paar Tage oder Wochen kriegst du schon noch Vollpension bei uns, du weißt ja, was passiert,* *wenn du Zicken machst«, quetschte er zwischen den Zähnen hervor. Der mit dem fränkischen Dialekt sagte: »Lass sie jetzt in Ruhe und komm!« Und das Verrammeln der Tür empfand ich wie das Schließen eines Sargdeckels.*

Ich hab' angefangen, Lieder aus meiner Kindheit und Jugend zu singen. Und hab' mir die Rätselhefte vorgenommen. Ich weiß jetzt, dass alles schlimmer wird, wenn ich nur grüble. Wenn ich nur Ewald verständigen könnte. Er macht sich bestimmt große Sorgen. Die Gasflasche des Heizofens scheint leer zu sein. Es ist sehr kalt hier drinnen. Ich bleibe im Bett, da ist es noch am ehesten auszuhalten.

Wie lange ich ohne Heizung war, weiß ich nicht. Hab viel heißen Tee und Suppe getrunken. Heut waren sie wieder da. Hatten aber keine Gasflasche dabei. Schimpften, dass sie schon leer ist, ich soll gefälligst mit der Heizung sparen. Und nach einer Weile kamen sie wieder und brachten wohl Gasflaschen mit, denn der Ofen läuft wieder. Ein herrliches Gefühl, im Warmen zu sein.

Niemand wird mich verstehen, aber ich hab's gemacht. Immer wieder bin ich mit dem Kopf gegen die Wand gerannt. Danach hab ich mich besser gefühlt. Kopfweh hab ich keins bekommen. Aber ich hab mir vorgenommen, es nicht wieder zu tun. Ich muss mich meinen Gedanken stellen. Die kreisen immer häufiger um Selbstmord. Das Wie? Ich trink und ess' nichts mehr. Die Hoffnung, dass ich mal wieder frei komme, ist fast vollständig verschwunden. Jetzt kommt mir eine Idee. Ich male jetzt, wie es sein wird, wenn ich wieder frei bin, mitten in der Stadt herumlaufe und ein Eis esse.

Fuchs wischte seine Tränen ab. *Gut, dass Torsten heute seinen freien Tag hat.*

Fuchs und Ritter werfen ihre Netze aus

Am Tag nach der Befreiung Mariannes befassten sich die Titelseiten der Zeitungen in der Stadt und im Umland, später auch in der gesamten Republik, mit der Sensation. »Rentner entdeckt Vermisste im Reichswald. Mehr als sechs Wochen lang war Marianne S. in einer speziell präparierten Blockhütte eingesperrt. Das Martyrium führte zu massiven gesundheitlichen Problemen. Die Entführte wird in einer Klinik behandelt. Polizei tappt im Dunkeln. Keine Fingerabdrücke der Entführer. Marianne S. weiß bis heute nicht, weshalb man sie entführt hat.«

Und Bilder von der Hütte, von außen, von innen, im Detail, ein Lageplan und ein Foto von Marianne, das Fuchs der Polizei am Anfang ihres Verschwindens überlassen hatte. Für Fuchs waren die Tage, an denen die Zeitungen über den Fall Marianne S. berichteten, ein Spießrutenlauf. Kollegen kamen aus fadenscheinigen Gründen in sein Büro, hielten ihn im Gang auf oder setzten sich in der Kantine an seinen Tisch, wollten Details wissen und ihre Anteilnahme bekunden, bis er eines Tages sagte: »Lasst mich endlich in Ruhe!« Sie respektierten seinen Wunsch, waren aber sichtlich beleidigt. In der Kantine saß er jetzt meist nur mit Torsten am Tisch.

Die Ärzte hatten bei Marianne ein schweres Trauma und psychosomatische Beschwerden diagnostiziert, die sich in Herzrasen, Schweißausbrüchen, Angstzuständen und Schlaflosigkeit äußerten. Nach zwei Wochen wurde sie mit einem Krankenwagen in eine Spezialklinik nach Oberbayern gebracht. Mindestens sechs Wochen Aufenthalt waren geplant. Ewald versprach, sie jedes Wochenende zu besuchen und versuchte, ihr Hoffnung zu machen. Innerlich aber fühlte er sich elend und hilflos. Er setzte auf die Kunst der Ärzte und auf Mariannes Lebenswillen. Dass sie vermutlich als Geisel festgehalten worden war, damit Fuchs die Ermittlungen im Fall *Vera Seeger* einstellen sollte, sagte er ihr nicht.

An einem Freitagmorgen, als der Hauptkommissar noch allein in seinem Büro war, wählte er die Telefonnummer von Martin Seeger in Regensburg.

»Hier Hauptkommissar Fuchs. Herr Professor, ich möchte mich bei Ihnen entschuldigen, dass ich damals ausgerastet bin, als ich bei Ihnen war.«

»Aber Herr Fuchs, ich bitte Sie, ich muss mich zuerst bei Ihnen entschuldigen, dass ich Ihnen nicht gleich gesagt habe, dass wir Axel Hofer gekannt haben.«

»Wie geht es Ihnen, Herr Professor?«

»Der gewaltsame Tod meiner Frau wird nie aus meinem Denken verschwinden, Herr Hauptkommissar, aber ich muss jetzt nach vorn blicken. Uschi wird in wenigen Wochen unser Kind zur Welt bringen. Wir haben übrigens in aller Stille geheiratet.«

»Herzlichen Glückwunsch, Herr Professor. Wenn es etwas Neues im Fall Ihrer Frau, ähm, Ihrer verstorbenen Frau, gibt, informiere ich Sie.«

Ich weiß nicht, ich weiß nicht, der Seeger wirkt irgendwie zu glatt. Professor, du bist noch nicht aus dem Schneider. Deine Frau stand dir schließlich als Hindernis deiner Zukunft mit Uschi Weber im Weg, das Gleiche gilt für deine neue Partnerin. Vielleicht haben sie Axel Hofer die Schmutzarbeit überlassen. Ein Auftragsmord? Vielleicht. Ihre Alibis sind unangreifbar. Aber warum hat Vera Seeger 100 000 Euro abgehoben? ... Auch die Überprüfung der Passagierlisten der Fluglinien von Berlin nach Frankfurt und von Frankfurt nach Nürnberg am 28. Januar ist astrein. Im Adlon wurden beide wiedererkannt. Nur, wir haben den Axel Hofer nicht. Noch nicht. Und was ist mit dem Benny Miller? Warum ist der aus der Klinik getürmt? Ich bin gespannt wie ein Regenschirm, was die uns aus den USA mitteilen werden.

»Torsten, was hast du heute Abend vor«, fragte Fuchs kurz vor Dienstschluss.

»I-i-ch? Gar nichts. Elke ist mit Franziska für eine Woche zur Oma nach Köln gefahren.«

»Was hältst du davon, wenn wir beiden Strohwitwer heute Abend zum Essen gehen?«

»Super, Chef, gute Idee! Torstens Gesicht hellte sich auf, als schiene von einer Sekunde auf die andere die Sonne durchs Fenster.

Zu Fuß schlenderten sie zum Bräustüberl am Opernhaus.

Der Herr Karl, ein Vollblut-Wiener, wies ihnen einen Tisch im Nebenraum zu und verbeugte sich mit dem unnachahmlichen Wiener Charme: »Recht so, die Herren? Ich bring' Ihnen gleich die Karte.«

Der Herr Karl war nicht irgendein Kellner, er war ein Phänomen. Groß, tadellose Haltung, dunkles, schon etwas schütteres Haar, dunkle lebhafte kluge Augen und ein gewinnendes Lächeln. Nur, wer ihn sehr gut kannte, sah auch zuweilen, wenn er sich unbeobachtet fühlte, eine Spur Zynismus mitschwingen. Wie ein König in seinem Reich begab er sich jetzt zur Theke.

Im großen Raum saßen viele Gäste, kaum ein Stuhl war noch frei, aber der Nebenraum war nur dünn besetzt. Ritter strich über die dunkle Holztäfelung und bewunderte die in Blei gefassten, runden kleinen Butzenscheiben.

»Fast wie auf einem Schiff«, sagte er »Sie wissen ja, ich bin ein Nordlicht. Wie geht es übrigens Ihrer Freundin?«

Mit nonchalanter Geste legte der Herr Karl die Speisekarten vor die beiden Herren.

»Darf's schon etwas zu trinken sein?«

Fuchs liebte diesen leichten Anflug von Wiener Dialekt in der Stimme des Kellners.

»Ja, ich nehm' heut einen trockenen Rotwein.«

»Den Sie letztes Mal hatten, Herr Hauptkommissar?«, lächelte der Kellner.

»Ja, der war gut, den können Sie mir wieder bringen«, staunte Fuchs über das phänomenale Gedächtnis des Herrn Karl.

»Und ich nehm' ein dunkles Bier«, fügte Torsten an.

»Sehr wohl, die Herren.«

Laut las Ritter vor: »Bratwurstwoche. Bratwürste in Bierteig, saure Zipfel, Bratwürste in Aspik, Bratwürste mit Kartoffelsalat, Bratwürste mit Sauerkraut, Bratwürste an Feldsalat mit Croutons und Speckwürfeln. Also, ich probier' die Bratwürste in Bierteig. Hab' ich noch nie gegessen.«

»Und ich nehm' die Kalbshaxe. Hab schon seit Tagen nichts Vernünftiges mehr gegessen«, meinte Fuchs.

»Ja, du hast nach Marianne gefragt. In den ersten zwei Wochen hat sich ihr Zustand leider verschlechtert, aber jetzt scheint es aufwärts zu gehen. Sie nimmt zu, kann schon fast eine Stunde lang spazieren gehen und schläft gut, wie sie mir sagte. Die anderen Probleme wird man hoffentlich auch in den Griff bekommen, auch wenn sie vielleicht länger als geplant in der Klinik bleiben muss.«

»Übrigens, Chef, was halten Sie von den Unterlagen, die wir aus den Vereinigten Staaten bekommen haben? Sie sind ja erst heute Nachmittag auf Ihrem Schreibtisch gelandet.«

Fuchs kaute eine Weile an seinem Schnurrbart, hob sein Weinglas, hielt es gegen das Licht und trank langsam einen Schluck.

»Die Fingerabdrücke, die wir unter dem Namen *Axel Hofer* gespeichert haben, entsprechen, laut den Berichten aus den USA, denen von *Benny*

Miller. Sie haben seine Fingerabdrücke, weil er einmal in Chicago von einer Gang zusammengeschlagen und schwer verletzt wurde. Ob sie ihn versehentlich oder absichtlich erkennungsdienstlich behandelt haben, weiß ich nicht. Seine Wohnung ist leer. Er lebt allein. Von den amerikanischen Kollegen haben wir auch die Adresse seines Arbeitgebers erhalten. Ich habe dort angefragt, ob er wieder an seinen Arbeitsplatz zurück gekehrt ist. Per Mail kam die Nachricht, dass Hofer alias Miller um sechs Wochen Urlaub gebeten hat. Er müsse familiäre Angelegenheiten in Deutschland regeln. Und was schließt du daraus, Torsten?«

Torsten fing an, an seinen Fingernägeln zu kauen, aber, als Fuchs das Wort »Senf« mit leicht drohendem Unterton aussprach, ließ Ritter seine Hand wie eine heiße Kartoffel fallen.

»Also, erstens können wir eine mathematische Gleichung aufstellen: Axel Hofer ist gleich Benny Miller. Zweitens könnte Hofer alias Miller noch in Deutschland sein.«

»Prima, Kommissar Ritter, und was werden wir unternehmen, um ihn zu finden?«

Fuchs nahm einen weiteren Schluck Wein und rief: »Köstlich und genau die richtige Temperatur« und blickte Torsten aufmunternd an.

»Jaaa, wir könnten einen Fahndungsaufruf deutschlandweit loslassen. Haben wir ein aktuelles Foto von Hofer?«

Torsten nahm einen Schluck von seinem dunklen Bier.

»Ja, von Interpol«, antwortete Fuchs. Irgendwie scheint er mal in eine Fahndung geraten zu sein. Man könnte bei allen Gemeinden in Deutschland anfragen lassen, ob Axel Hofer alias Benny Miller irgendwo gemeldet ist, in einem Hotel oder einer Pension, wir haben ja Meldepflicht im Fremdenverkehrswesen. Und ich dachte mir, dass die Kollegen von der Streife die Fotos in allen größeren Hotels vorlegen sollten. Vielleicht haben wir Glück«.

»Und Hofer Pech«, ergänzte Ritter.

Schwungvoll stellte der Herr Karl die dampfenden, köstlich duftenden Speisen auf den Tisch, rückte den Gewürzständer ein wenig nach links, die kleine Vase mit den Röschen ein wenig nach rechts und die Gläser schob er in die Mitte, bis es seinem kritischen Auge ästhetisch genug erschien.

»Ich wünsche einen guten Appetit, die Herren«, und er verbeugte sich wieder und strebte in Richtung Theke.

»Na, da haben wir morgen gleich eine Menge zu tun«, sagte Torsten und machte sich über seine Bratwürste her.

»Der Wanner sagte mir heute Mittag, dass die Suche nach Ede Stummer in Deutschland erfolglos war. Haben wir schon Nachricht von den Kollegen in Sizilien?«

»Nein, die Italiener haben neben ihrer Arbeit auch noch ihr dolce far niente und eine lange Siesta. Das geht nicht so schnell.«

»Übrigens, Chef«, wechselte Torsten abrupt das Thema, ich les' ja Krimis, seit ich lesen kann. Und einer meiner ersten hat Ähnlichkeit mit unserem jetzigen Fall *Vera Seeger*.«

»Schieß los!« Fuchs nickte ihm zu und schloss die Augen – *diese Knödel, diese Soße, einfach himmlisch. Und das Fleisch butterweich.* Da kam der Herr Karl an den Tisch: »Verzeihung die Herren, ich hab' ganz vergessen, die Kerze anzuzünden.«

Und mit lässiger Gebärde zündete er die rosa Kerze an und blies das Streichholz aus. Die Geste, mit der er das Streichholz elegant in den Aschenbecher fallen ließ, war unnachahmlich. Flink huschte er dann in eine entfernte Ecke, dort wollten »die Herrschaften« zahlen.

»Der Herr Karl hat etwas Aristokratisches, selbst, wenn er den Fußboden schrubben würde, findest du nicht, Torsten?«

»Kann schon sein. Also, in meinem Krimi wurde eine Frau ermordet, der Ehemann ist verdächtig, hat zwar ein Alibi, aber auch ein Motiv, weil er eine Freundin hat und die Ehefrau ihm das Leben zur Hölle machte. Aber dann stellt sich heraus, dass seine Frau einen Liebhaber hatte, den sie loswerden wollte. Und die Kripo tappt bis zum Schluss im Dunkeln. Der Fall bleibt ungelöst.«

»Was wir von unserem Fall nicht hoffen, Torsten«, sagte Fuchs gut gelaunt. »Jetzt weiß ich endlich, warum du zur Mordkommission gegangen bist, du willst dein Krimirätsel lösen.«

Und beide lachten, dass die Gläser klirrten, die so nahe beieinander standen, dass sie sich berührten, und die wenigen Gäste im Nebenraum drehten sich nach den beiden Männern um.

»Nur, Torsten, die Fälle in der Realität sind meist komplizierter als in den Krimis und stecken manchmal voller Überraschungen, die sich kein Krimiautor ausdenken könnte.«

»Ich sehe, Chef, Sie lesen nur selten Krimis«, neckte Ritter seinen Vorgesetzten.

Fuchs und Ritter waren mit dem Essen fertig und der Ober begann, die leeren Teller abzutragen. Was heißt *abtragen,* es war eine Zeremonie des Abtragens. Er trug die Teller nicht einfach hinaus, sondern balancierte sie mit großer Würde in Richtung Küche.

127

»Wünschen die Herren noch etwas zu trinken, eine Nachspeis'?«
»Ja, ich krieg' noch ein Glas Wein.«
»Und ich ein Bier.«
Fuchs betrachtete das Relief der historischen Nachbildung eines Nürnberger Kaufmannswagens an der Wand. Vier kräftige Pferde zogen einen Planwagen, der mit Bierfässern beladen war.
Damals war Reisen ein Abenteuer und mit Unbequemlichkeiten und großem Zeitaufwand verbunden. Wie lange hätten wir warten müssen, bis wir damals Nachricht aus Amerika bekommen hätten? Na ja, zu Luthers Zeiten hätten wir bestimmt ein halbes Jahr gewartet. Und heute kann man innerhalb Sekunden weltweit Informationen per Mail austauschen.
»Übrigens, Torsten, erinnerst du dich an die Klinikgeschichte mit Benny Miller alias Axel Hofer? Der wurde mit einer LSD-Vergiftung eingeliefert. Und hat, darauf angesprochen, in etwa auf Englisch gesagt: *Diese böse alte Hexe. Sie wollte mich umbringen.* Wie würdest du diese Sätze werten?«
»Hm, ich denk' an einen Krimi aus meiner Jugendzeit. Da gibt's einige Parallelen. Aber, wenn er den Satz nur als Schutzbehauptung gesagt hat, Chef, sozusagen den Verdacht, freiwillig Drogen genommen zu haben, auf jemanden abwälzen wollte?«
»Eins zu Null, Torsten. Daran hab' ich noch gar nicht gedacht.«
Der Herr Karl schwänzelte in der Nähe des Tisches herum und Fuchs rief ihm zu: »Wir möchten bitte zahlen.«
»Du bist heute mein Gast, Torsten«, sagte Fuchs.
»Kommt gar nicht in Frage, Chef, Sie sind mein Gast«, konterte Ritter.
»Der Chef bin ich, Torsten, und der Chef entscheidet, basta«, rief der Hauptkommissar und legte einen 50-Euro-Schein auf das Silbertablett. Der Herr Karl näherte sich und fing an, nach Wechselgeld in seinem riesigen Geldbeutel zu kramen.
»Stimmt so«, sagte Fuchs. Der Kellner verbeugte sich mehrmals tief und murmelte: »Schönen Dank, Herr Kriminalrat, schönen Dank.«
Vor dem Lokal wandte sich Fuchs amüsiert an Ritter: »Der Herr Karl hat mich soeben befördert, ich bin jetzt Kriminalrat, Torsten. Die Wiener wissen, wie man den Gast zum König macht und selbst Kaiser von Österreich bleibt. Übrigens haben wir heute deine Ernennung zum Kommissar gefeiert, Torsten, die liegt ja erst drei Monate zurück.«

Eine brandheiße Spur

Auf dem Schreibtisch des Kommissars lag am nächsten Morgen ein Brief aus Italien, den er aus der Übersetzungsabteilung zurückerhalten hatte.

»... tut uns außerordentlich leid, Ihnen mitteilen zu müssen, dass der Gesuchte, Aegidius Stummer, weder in Syrakus noch überhaupt in Sizilien und auch nicht auf dem italienischen Festland oder seinen dazugehörigen Inseln gemeldet ist. Mit kollegialen Grüßen Giovanni Buttone – Oberkriminalrat.«

Fuchs kratzte sich hinterm Ohr und strich seinen Schnurrbart glatt. »Hab ich mir doch gleich gedacht, dass der hier irgendwo untergetaucht ist. Aber selbst wenn er doch in Sizilien wäre, würde er sich kaum unter bürgerlichem Namen brav bei der Stadt melden«, sagte er und überreichte das Schreiben an Torsten.

Schon wieder klingelte das Telefon.

»Wenn das wieder meine Mutter ist, sag bitte, dass ich unterwegs bin«, rief Fuchs und reichte den Hörer an Ritter weiter.

»Ritter.«

Fuchs hörte ganz leise eine männliche Stimme.

»Ja, Hauptkommissar Fuchs ist da. Sie können ihn gerne sprechen.« Torsten reichte den Hörer zurück.

»Fuchs.«

»Hier Josef Thon aus Vilseck in der Oberpfalz. Ich buchstabier erst a Mal meinen Namen: Theodor – Heinrich – Otto – Nordpol. So. Heut' waren zwei Polizisten bei mir und haben mir zwei Fotos gezeigt. Der Mann auf den Fotos wohnt bei uns im Hotel. Da schwör' ich jeden Eid drauf!«

Hauptkommissar Fuchs war aufgestanden und fing an, mit dem schnurlosen Telefon hin und her zu gehen. Dann kritzelte er auf einen Zettel: *Foto – Erfolg.*

Und legte den Zettel vor Torsten hin.

»Ja, das wollt' ich gemeldet haben, aber der heißt nicht Benny Miller und auch nicht Axel Hofer, sondern der heißt Bernd Müller.«

»Aha! Und seit wann wohnt er bei Ihnen?«

Der Ede hat ihm sicher einen neuen Pass gemixt!

»Ungefähr sechs, sieben Wochen, kann auch länger sein. Aber ich schau gleich nach.«

»Danke, das können Sie später machen. Wo liegt denn der Ort Vilseck?«

»Vilseck ist eine Stadt«, sagte der Hotelier beleidigt, »sie liegt 20 Kilometer von Amberg und 30 Kilometer von Weiden entfernt. Bestimmt haben Sie schon mal von Vilseck in der Zeitung gelesen. Wir haben doch das amerikanische Südlager hier.«

»Ah ja, ich erinnere mich. Und hat dieser Bernd Müller sich geäußert, was er in Vilseck zu tun hat?«

Fuchs fuhr sich mit der Zungenspitze über die Lippen.

»Ja, zu unsrer Bedienung hat er a Mal gsagt, dass er mit den Amerikanern Gschäfte macht.«

»Hm, haben Sie schon mit irgend jemandem darüber gesprochen, dass sie den Mann auf dem Foto erkannt haben?«

Jeder Muskel im Gesicht des Hauptkommissars war angespannt.

»Nein, das nicht. Meine Frau ist grad' in der Kirch' und die Bedienung hat heut' frei.«

»Hören Sie jetzt gut zu, Herr Thon. Bitte behalten Sie die Sache für sich, sprechen Sie mit niemandem darüber, sonst könnte dieser Bernd Müller türmen, bis wir ihn festnehmen können. Haben Sie ein Fax-Gerät oder können Sie eine Mail schicken?«

»Ein Fax haben wir.«

»Bitte, faxen Sie mir einen Stadtplan von Vilseck, und zeichnen Sie ein, wo Ihr Hotel liegt. Wie viele Zimmer haben Sie?«

»Wir haben 14 Zimmer, zehn sind im ersten Stock und vier im Dachgeschoss.«

»Faxen Sie uns auch die Aufteilung der Räume, Küche, Gasträume und Fremdenzimmer und machen Sie ein Kreuz in den Plan, wo das Zimmer des Mannes ist.«

»Ja, wird erledigt, Herr Kommissar. Ich bin zwar kein Architekt, aber ich schau, ob ich den alten Bauplan find', das Haus ist ja schon zweihundert Jahr' alt, und den fax ich Ihnen. Was hat denn der Mann für einen Dreck am Stecken?«

»Herr Thon, wir müssen erst sicher sein, ob der Mann, der bei Ihnen logiert, auch der ist, den wir suchen.«

»Kommen Sie heut' noch?«

»Ich ruf' Sie an, wann wir kommen. Wahrscheinlich nachts, heute Nacht vermutlich nicht, eventuell morgen, aber warten Sie meinen Anruf ab. Einstweilen vielen Dank für Ihre Informationen.«

Fuchs hatte im Verlauf des Gesprächs das Telefon auf Zimmerlautstärke gestellt, sodass Torsten alles mithören konnte.

»Jetzt keinen Freudentanz, Torsten. Wir sind einen Schritt weiter, aber noch haben wir ihn nicht. Ich möchte das SEK dort einsetzen.«

»Bin ich auch dabei, Chef?«

»Ja, natürlich. Der Mann ist bewaffnet, wenn er der ist, den wir vermuten. Wir werden jeden Schritt mit dem SEK absprechen. Ich geh' gleich mal zum SEK-Einsatzleiter.«

Als der Hauptkommissar in sein Büro zurückkam, brütete Ritter über einem Berg von Blättern.

»Ich entwickle gerade eine Strategie«, rief er dem Eintretenden entgegen.

»Das kannst du schon machen, Torsten, aber die Strategie bestimmt der Einsatzleiter des SEK, der Maul. Wir kriegen 20 Mann, weil das Gebäude umstellt werden muss und der Hofer mit ziemlicher Wahrscheinlichkeit eine Waffe hat. Zeig mal, was du da hast.«

Ritter breitete seine Schätze aus.

»Hab ich alles aus dem Internet. Die Stadt Vilseck hat 10 000 Einwohner, davon sind ungefähr die Hälfte Amerikaner, noch einmal so viele Amerikaner wohnen im Südlager, das ein paar Kilometer entfernt ist. Hier, gleich in der Nähe des Marktplatzes, ist das Hotel zum Hirschen. Vilseck ist ein mittelalterliches Städtchen. Als ich die Bilder im Internet sah, erinnerten sie mich an Nürnberg, man könnte sagen, Vilseck ist Nürnberg im Kleinformat. Es hat eine tausendjährige Burg, eine Ringburg, davon gibt's nicht mehr viele, anstatt die Pegnitz die Vils, es gibt Stadttore und Türme, Reste von der Stadtmauer und …«

»Torsten, ich schätze deine Begeisterung für Geschichte, aber wir müssen uns jetzt mit der Örtlichkeit befassen.«

»Auf jeden Fall übernachte ich im Hotel zum Hirschen und schau mir diese Stadt an, sie hat sogar ein Werk aus der Dürer-Schule in der Stadtkirche.«

»Hat Thon schon sein Fax geschickt?«

»Ja. Es gibt zwei Eingänge zum Hotel, einen von der Herrengasse aus und einen Hintereingang. Der Gesuchte bewohnt ein Zimmer im ersten Stock, das letzte auf der linken Seite, Nummer 9, also weit weg von der Treppe. Und hier hab' ich ein Foto vom Hotel aus dem Internet. Sieht sehr stattlich aus.«

»Hast du einen Stadtplan?«

»Den der Hotelier gefaxt hat, der ist nicht optimal, ich hab' einen besseren aus dem Internet, den ich gleich vergrößert habe.«

»Wo ist das Hotel?«

»Hier.« Torsten hielt seinen Finger auf die Stelle.

»Dann mach' einen dicken Kreis um die Stelle, kopier' alle deine Unterlagen und bring' sie dem Maul, der steht schon Gewehr bei Fuß, will sofort seinen Einsatzplan entwerfen und uns dann informieren. Ich telefonier' inzwischen mit dem Herrn Thon.«

Fuchs teilte dem Hotelier mit, dass der Einsatz noch in derselben Nacht gegen 3 Uhr laufen werde. Er möge die vordere Eingangstür offen lassen und sich strikt daran halten, niemandem ein Sterbenswörtchen von dem geplanten Zugriff zu verraten. Auf jeden Fall solle er mit seiner Frau im Schlafzimmer bleiben, auch wenn sie Lärm oder Schüsse hören sollten. Ob er Kinder habe?

»Noch nicht«, kam es zurück.

Erst, wenn der Einsatz vorbei sei, werde man ihn verständigen.

SEK-Einsatzleiter Maul rief um 19 Uhr bei Fuchs im Büro an und bat ihn, sofort zur Besprechung zu kommen. Der Hauptkommissar begab sich zusammen mit Ritter in den Schulungsraum, wo schon 20 Einsatzkräfte und zwei Beamte der Spurenermittlung warteten. Die Anordnungen Mauls waren kurz, aber präzise. Die Uhrzeit 3 Uhr nachts begründete er damit, dass die Nachtschwärmer um diese Zeit endlich schliefen und die notorischen Frühaufsteher noch nicht wach seien, sodass man, gerade in einer Kleinstadt wie Vilseck, kaum jemandem in den Straßen begegnen werde. Außerdem sei die Chance sehr groß, dass auch der Vogel in seinem Nest schlafe. Trotzdem sollten die Beamten ihre Autos in der Vorstadt parken, jedes Fahrzeug in einer anderen Gasse oder Straße, nur der Wagen von Maul sollte in der Breiten Gasse, in der Nähe des Hotels, stehen. Die Beamten hätten, ohne zu sprechen, in Zweier- und Dreiergruppen und in größeren Abständen durch die Stadt zu gehen, denn, wenn doch jemand aus dem Fenster schauen würde, fiele eine ganze Mannschaft in der Kleinstadt sofort auf.

»Zehn Beamte umstellen das Hotel, je zwei sichern den Vorder- und Hintereingang, zwei halten sich im Treppenhaus bereit und zwei sichern im ersten Stockwerk den Flur. Ich selbst stehe mit Deublein am obersten Treppenabsatz. Kleiber und Löhlein, stürmen das Zimmer und nehmen den Gesuchten fest.«

Maul schlug Fuchs und Ritter vor, im Gastraum zu warten, bis der Täter festgenommen worden sei. Die beiden Angesprochenen schüttelten den Kopf und bestanden darauf, im ersten Stock am Gang neben der Tür Stellung zu beziehen. Zusammen mit zwei Beamten der Spurenermittlung wollten sie anschließend das Hotelzimmer inspizieren und Spuren sichern. Am meisten interessierte der Revolver des mutmaßlichen Mörders und ob man das Geld von Vera Seeger bei ihm finden werde. Fuchs hatte bereits einen Eilantrag auf einen Haftbefehl gestellt, der genehmigt worden war. Gegen 20.30 Uhr war die Besprechung beendet und man vereinbarte, um 1.15 Uhr nach Vilseck aufzubrechen.

»Ich leg mich noch aufs Ohr, tu das auch«, riet Fuchs seinem Mitarbeiter Ritter.

Es gab einen Ruheraum auf dem Stockwerk, wo ihr Büro lag. Torsten Ritters Aufregung war an seinen roten Ohren abzulesen. Seine innere Aufregung ließ ihn nicht zur Ruhe kommen, während Fuchs bis Mitternacht wie ein Bär schlief.

Er träumte, dass Hofer nicht im Hotel zum Hirschen aufzufinden war, und dass er sich mit Torsten und der gesamten SEK-Mannschaft im nächtlichen Vilseck auf die Suche nach dem Geflüchteten machte. *Am Vogelturm pfiff ihnen eine Kugel um die Ohren. Sofort gingen sie in Deckung. Noch ein Schuss krachte. Ein SEK-Mann wurde tödlich getroffen. Einsatzleiter Maul gab Befehl zum Angriff. Der Schütze hatte sich im Gebüsch versteckt und schoss noch dreimal, aber ohne jemanden zu treffen. Dann konnten die Männer den Ganoven überwältigen und festnehmen. Im Schein seiner Taschenlampe sah Fuchs, dass der Verhaftete Ede Stummer war. »Verdammt«, brummte er im Schlaf, »den haben wir hier nicht haben wollen. Wo ist bloß der Hofer?« Torsten warf sich ein großes schwarzes Tuch über die Schultern und sagte: »Ich bin der Schwarze Rächer, ich schnapp ihn mir!«*

»Wenn du ihn findest«, gab Fuchs zurück. Und er hörte eine hämische Stimme aus dem nächtlichen Dunkel: »Die Nürnberger hängen keinen, sie hätten ihn denn!«

Die beiden Kommissare gingen auf Zehenspitzen, leise flüsternd, durch die Straßen und Gassen von Vilseck, gefolgt von den SEK-Leuten. Plötzlich stolperte Torsten über etwas und fiel hin. Fuchs knipste seine Taschenlampe an und sah, dass Torsten über einen Körper gefallen war. Ritter rappelte sich auf und man drehte den Körper um. Es war Axel Hofer. Mausetot. Er hatte eine Schusswunde am Hinterkopf. »Schade«, meinte Fuchs, »ich wollte ihm noch so viele Fragen stellen.«

Dann erwachte der Hauptkommissar, blickte auf seine Armbanduhr, es war 20 Minuten nach zwölf. Er erhob sich und ging in sein Büro. Da saß Torsten, hatte ein belegtes Brötchen und eine Tasse Kaffee vor sich stehen.

»Ich hol' Ihnen auch gleich Kaffee, Chef«, bot er ihm an, »und ein Brötchen hab' ich auch für Sie besorgt.«

In der Höhle des Löwen

Als sich die Beamten der Stadt Vilseck näherten, gerieten sie in wabernde Nebelbänke, die sich vermutlich von der Vils her ausgebreitet hatten. Die Tage waren schon frühlingshaft warm, aber die Nächte klar und frostig.

»Das ist gut für uns, der Nebel lässt uns nahezu ungesehen zum Hotel gelangen«, meinte Fuchs.

Sie hatten ihr Fahrzeug in der Nähe des Hafner-Tors in der Aegidius-Straße geparkt, deren Name sie natürlich gleich an Aegidius Stummer, den Fälscher-Ede erinnerte.

»Nach dem Stadtplan müssen wir immer der Nase nach gehen, durchs Hafner-Tor und am Vogelturm vorbei«, flüsterte Torsten.

»Jetzt brauchst du noch nicht zu flüstern«, schmunzelte Fuchs.

Der Vogelturm wurde angestrahlt, das Licht aber war milchig-diffus und die Umrisse des Turms verschwammen im Nebel. Man wäre nicht überrascht gewesen, wenn der Nachtwächter, wie im Mittelalter, mit der Laterne seine Runde gedreht hätte. »Hört ihr Leut' und lasst euch sagen ...«

Als sie am Hotel zum Hirschen ankamen, hatten die Beamten schon ihre Plätze eingenommen. Katzenleise waren sie durch die Stadt gezogen und waren niemandem begegnet. Die Schritte der Beamten, die in den ersten Stock gelangen mussten, waren absolut lautlos, denn auf der Treppe und im Flur lag ein dicker roter Teppichboden. Als sie Aufstellung genommen hatten, fiel irgendetwas zu Boden. Laut genug, um jemanden mit leichtem Schlaf aufzuwecken. Fuchs betete, dass niemand der Hotelgäste jetzt im Schlafanzug vor seiner Zimmertür erscheinen und fragen würde, was hier los sei. Es rührte sich nichts. Gott sei Dank. Maul flüsterte ihm ins Ohr, dass einer seiner Männer gegen einen Besen gestoßen sei.

Plötzlich hörte man von draußen ein gellendes Katzenkonzert. Maul trat an ein Flurfenster, Fuchs stand neben ihm. Der Mond beleuchtete Mauls Gesicht, der aussah, als wolle er gleich auf die Katzen schießen, wenn er damit nicht das ganze Haus aufgeweckt hätte. Im gegenüberliegenden Haus öffnete sich ein Fenster und eine Frau schüttete einen Eimer Wasser über die kämpfenden Kater. Endlich war's wieder still. Und nichts rührte sich im Hotel.

Maul gab sein verabredetes Zeichen. Drei Minuten nach 3 Uhr öffneten die beiden Beamten gewaltsam die verschlossene Tür zu Bernd Müllers Hotelzimmer, knipsten das Licht neben der Tür an, richteten die Waffe auf den Mann und riefen:»Hände hoch! Keine Bewegung!«

Der Gast hatte sich im Bett aufgerichtet, starrte ungläubig auf die Eindringlinge, fasste sich aber sofort wieder und griff blitzschnell unter sein Bett, holte seinen Revolver hervor und wollte gerade zielen, aber in diesem Moment stürzten sich schon die Beamten auf ihn und schlugen ihm die Waffe aus der Hand. Dabei löste sich ein Schuss, der die Fensterscheibe traf. Ein kleines Loch mit einem Kranz aus zersplittertem Glas war die Folge.

Nun betraten Fuchs und Ritter mit schussbereiter Waffe das Zimmer. Fuchs bemerkte sofort die stark behaarte Brust des Mannes, dessen Schlafanzugjacke offen war. *Na, das ist wohl der richtige Vogel,* dachte er, während die beiden SEK-Beamten dem Überrumpelten Handschellen anlegten. Hofer wehrte sich nicht. Schweigend kleidete er sich an.

Fuchs las eine kurze Begründung zur vorläufigen Festnahme vor. Dann wurde der Mann von Polizisten zum Wagen eskortiert. Er hatte während der Aktion kein Wort gesprochen.

Nun erschien Josef Thon im Türrahmen, leichenblass, aber erleichtert, dass man den *Bazi,* wie er seinen ehemaligen Gast nannte, festgenommen hatte. Dann besah er sich eingehend die kaputte Fensterscheibe.

»Wo soll ich denn die Rechnung hin schicken?«, fragte er treuherzig, erhielt aber keine Antwort.

Die Spurenermittler waren hochkonzentriert dabei, das Zimmer zu inspizieren. Fuchs blickte sich um. Der Raum war mit kostbaren Bauernmöbeln aus hellem Massivholz eingerichtet. Bettwäsche, Vorhänge und Tischdecke waren aus einem blau-rosa geblümten Stoff, auf dem Tisch stand eine Vase mit einem künstlichen Bauernstrauß aus Ähren, Margeriten, Korn- und Mohnblumen. Über dem Bett ein Naturbild. Es zeigte eine Partie an der Vils, deren Ufer von Pappeln gesäumt war. Auf dem Fluss schwammen Enten.

Könnte man sich für einen Urlaub abseits der Touristenzentren vormerken. Marianne wird nach ihrem Klinikaufenthalt einen ruhigen Urlaub nötig haben, ging es Fuchs durch den Kopf.

Im Kleiderschrank lag ein Trolley, den man aufbrechen musste. Ein dunkler Anzug lag darin, zwei weiße Hemden, ein blauer und ein dunkelroter Schlips, Unterwäsche und Socken, Kleidung für eine Kurzreise.

»Wir müssen genau suchen, es gibt in diesem Koffer vielleicht ein Geheimfach«, wandte sich Fuchs an die Spurenermittler.

Die Beamten untersuchten den Koffer, tasteten alles ab und wollten schon aufgeben, als sie eine winzige Unebenheit entdeckten und dort ihr Messer ansetzten. Ein großer brauner Umschlag mit mehreren Bündeln Geldscheinen wurde sichergestellt. Man zählte 71 000 Euro. Fuchs war gespannt, ob die Seriennummern mit denen aus der Stadtsparkasse übereinstimmen würden.

Im Geheimfach befanden sich auch zwei Pässe, einer auf den Namen *Axel Hofer,* der zweite auf den Namen *Benny Miller.* Der dritte Pass steckte in Hofers Geldbeutel und lautete auf den Namen *Bernd Müller.* Revolver und Munition packten die Spurenermittler in Behälter und beschrifteten sie. Die Beamten nahmen Fingerabdrücke am Fuß der Nachttischlampe, am Türgriff innen und im Badezimmer. Auf dem Kopfkissen fanden sie etliche schwarze Haare, die sie für die DNA-Analyse mitnahmen.

Als Fuchs und Ritter gegen halb 6 Uhr morgens im Gastraum saßen und ein »großes Frühstück« vor sich stehen hatten – Spiegeleier, Speck, Toast, Schwarzbrot, Butter, Orangensaft, ein kleines Fläschchen Sekt, Kaffee, Milch, Wurst, Käse, Marmelade, Honig und Müsli, sagte Torsten:

»Also, ich hab' ein Zimmer gebucht, Chef. Werd' bis gegen 12 Uhr schlafen und dann auf Sightseeing-Tour gehen. Und Sie?«

Fuchs schaute auf seine Armbanduhr, die auch Datum und Wochentag anzeigte.

»Um Gottes Willen, heut' ist Samstag, ich hab' um 10 Uhr eine Verabredung mit meiner Mutter. Nachher leg' ich mich aufs Ohr. Und am Sonntag fahr ich nach Oberbayern und besuch' Marianne in der Klinik. Gott sei Dank kann ich ihr sagen, dass man ihr bei *Quelle* nicht gekündigt hat. Allerdings hab' ich von Mariannes Kollegin, Frau Bauer, erfahren, dass sich dunkle Wolken über *Quelle* zusammenbrauen. Es könnte sein, dass eine Insolvenz ins Haus steht. Davon werd' ich ihr aber nichts sagen, das wird sie früh genug erfahren. Also, Torsten, ich kann leider nicht hierbleiben. Aber es gibt ja einen Bahnhof in Vilseck und eine direkte Zugverbindung nach Nürnberg. Ich fahr mit dem Wagen zurück, einverstanden?«

Ritter schob einen Bissen vom Spiegelei mit Speck in den Mund und nickte.

Und Fuchs fiel ein, dass Torsten kein einziges Mal in dieser Nacht an seinen Fingernägeln gekaut hatte.

Hinter schwedischen Gardinen

Der Untersuchungshäftling blickte sich in seiner Zelle um. Ein vergittertes Fenster. Die Tür mit einem Guckloch. Ein schmales Bett, Tisch, Stuhl, Spind, Waschbecken, Handtuch und Toilette. Ein Schlafanzug lag zusammengefaltet auf dem Bett. Der Wärter hatte ihm einen Plastikbeutel mit Seife, Zahnbürste, Zahnpasta, Kamm und Rasierapparat gebracht und ihn aufmerksam gemacht, dass die Sachen dem Gefängnis gehören. Morgen würde der Anwalt kommen. Der Häftling kannte ihn nicht. Ihn würde er bitten, ihm Klamotten und Unterwäsche zu besorgen, vor allem einen bequemen Trainingsanzug und Hausschuhe. Und Tageszeitungen, die er abonnieren wollte, wenn der Aufenthalt länger dauern sollte. Er würde dem Anwalt eine Vollmacht geben, eine gewisse Summe von seinem amerikanischen Konto auf das Anwaltskonto zu überweisen.

»In der U-Haft dürfen Sie Zivilkleidung tragen«, hatte ihm der Wärter gesagt.

Es roch nach Staub und Reinigungsmitteln, nach Metall und Muff, nach Dampfkost und Stumpfsinn.

Ich denke, es wird nicht allzu lange dauern, machte sich der Häftling Mut. *In meinem Geldbeutel im Hotel liegt mein Pass mit dem Namen Bernd Müller. Und Bernd Müller ist ein unbescholtener Bürger. Das Geheimfach im Trolley werden sie nie und nimmer entdecken. Aber mit ein paar Wochen werd' ich schon rechnen müssen, bis alles geprüft ist.*

Eine weiße Wolke, an den Rändern golden, und der Vollmond erhellten den Nachthimmel. Der Häftling ging ruhelos in seiner Zelle auf und ab. Vom Gang hörte er Schlüsselklappern, Aufsperren, eine Stimme, die verhallte. Dann wieder Stille.

Nach einer Ewigkeit, wie ihm schien, blickte er auf seine Armbanduhr. Halb 6 Uhr morgens. Die Nacht war fast um. Er wusch sich und wartete. Warten, die Hauptbeschäftigung der Eingesperrten, Weggesperrten, Ausgesperrten. Er setzte sich auf die Stuhlkante, stand wieder auf, nahm sein Hin- und Hergehen im Käfig wieder auf.

Wenn ich die verdammte Zeitung am Flughafen nicht gekauft hätte, wär' ich jetzt nicht hier.

Langsam überkam ihn eine große Müdigkeit, seine Glieder wurden schwer, die Augenlider fielen immer wieder zu, die Schritte wurden langsamer, bis er sich aufs Bett setzte, und irgendwann streckte er sich aus und schlief ein. Das metallische Klappern an seiner Tür weckte ihn. Der Wärter brachte das Frühstück.

Wer einmal aus dem Blechnapf frisst...

Ohne Appetit aß er, langsam, ganz langsam, sein Frühstück. Und dann packte ihn die Angst.

Wenn sie mir doch etwas in die Schuhe schieben? Wenn sie mich so lange ausquetschen, bis ich nicht mehr weiß, was ich eigentlich sage? Wenn sie mir Fangfragen stellen?

»Ich will hier nicht verrecken«, sagte er laut und erschrak über seine Stimme.

Das Wetter war umgeschlagen. Regen trommelte an die Fensterscheibe. Er hielt sich die Ohren zu.

Ich will hier raus! Ich will hier raus! Ich will hier raus!

Der Wärter holte das Tablett mit dem Geschirr ab.

»Herr Müller, ich hole Sie in einer Stunde ab. Ihr Anwalt erwartet Sie um 10 Uhr.«

Er sah den Wärter nicht an, er wollte sich hier keine Gesichter und Stimmen merken.

Das Gespräch mit dem Anwalt Dr. Eisenreich war kurz. Der Untersuchungshäftling machte Angaben zu seiner Person, zu seiner überraschenden Festnahme und bat, ihm einige Dinge zukommen zu lassen.

»Ich werde so bald wie möglich um Akteneinsicht bitten, um herauszufinden, was gegen Sie vorliegt. Dann kann ich eine Prognose stellen, Herr Müller«, sagte der Anwalt und lächelte ihm aufmunternd zu.

Der Haftprüfungstermin war bereits vorüber. Der Haftbefehl war, wie erwartet, untermauert durch den Fund der drei Pässe, vom Ermittlungsrichter aufrechterhalten worden. Allerdings hatte der Verhaftete keinerlei Stellungnahme abgegeben.

Hauptkommissar Fuchs hatte sich auf das erste Verhör mit dem Untersuchungshäftling Bernd Müller gut vorbereitet. Stichpunktartig hatte er sich den Ablauf des Gesprächs notiert. In dem kahlen Raum in der Justizvollzugsanstalt in der Mannert-Straße, wo das Verhör stattfinden sollte, mit seinem vergitterten Fenster, mit einem Tisch und einigen Stühlen, fröstelte es ihn nach Jahrzehnten Polizeidienst immer noch. Ritter hatte das Aufnahmegerät bereitgestellt, Fuchs und der Häftling saßen sich gegenüber, an der Tür standen zwei Vollzugsbeamte.

»Wir haben in Ihrem Hotelzimmer drei Pässe gefunden. Einen deutschen auf den Namen Axel Hofer, einen amerikanischen auf Benny Miller und noch einen deutschen auf Bernd Müller. Was haben Sie dazu zu sagen?«

Fuchs bemühte sich um äußerste Sachlichkeit und wollte auf jeden Fall vermeiden, dass bei dem Häftling der Eindruck entstand, vorverurteilt zu sein.

Aber der schwieg.

»Kennen Sie eine Frau Vera Seeger? Sie wurde am 28. Januar in Nürnberg erschossen. Wir haben Fingerabdrücke von Axel Hofer am Tatort in Nürnberg in der Novalisstrasse gefunden. Wie erklären Sie sich die Fingerabdrücke?«, fuhr der Ermittler unbeirrt fort.

Vielleicht würde der Verdächtige doch sein Schweigen brechen.

»Benny Miller, laut Pass amerikanischer Staatsbürger, wurde in der Nähe des Tatorts mit einer LSD-Vergiftung aufgefunden und ins Klinikum gebracht. Von dort aus ist er spurlos verschwunden. Wir haben in den Staaten um Amtshilfe gebeten. Die Fingerabdrücke von Axel Hofer und Benny Miller stimmen überein.«

Der Häftling zog seine rechte Augenbraue hoch, schwieg aber weiterhin beharrlich. Während des Verhörs hatte er auf die Tischplatte gestarrt. Ritter blies hörbar die Luft durch seine halb geöffneten Lippen. Sein Chef kaute unschlüssig an seinem Schnurrbart, der schon einige graue Strähnen aufwies. Nur die Vollzugsbeamten blieben regungslos.

»Wir werden Sie auch ohne Ihre Aussage des Mordes an Vera Seeger anklagen können«, sagte Fuchs mit Nachdruck. »Wir warten nur noch das Ergebnis der Fingerabdrücke ab, die jetzt hier in der JVA genommen wurden. Sie waren doch schon früher einmal unser unfreiwilliger Gast.«

Der Häftling wurde bleich.

»Überlegen Sie sich gut, ob Sie weiterhin schweigen wollen, es könnte für Sie von großem Nachteil sein.«

Der Kommissar erhob sich. Ritter schaltete das Aufnahmegerät ab, durchmaß mit seinen Riesenschritten den kleinen Raum und folgte seinem Chef.

»Der wird schon noch singen«, sprach Fuchs sich Mut zu, als sie auf dem Gang waren.

Später, an seinem Schreibtisch grübelte er über sein »Zweites Verhör mit dem Häftling Axel Hofer, alias Benny Miller, der sich jetzt Bernd Müller nennt«, wie Fuchs auf ein leeres Blatt notierte. Vor allem seine erste Frage oder Mitteilung sollte dem Kerl buchstäblich den Boden unter den Füßen wegziehen. Auf Gesprächsversuche von Torsten reagierte Hauptkommissar Fuchs heute nicht, und Torsten gab schließlich auf.

Am nächsten Tag, kurz vor der Frühstückspause, legte ein Auszubildender eine Eilnachricht auf den Schreibtisch von Fuchs – ein Fax aus der JVA.

Der Häftling Bernd Müller hat versucht, sich mit seinem zusammengerollten Betttuch zu erhängen. Der Wärter hat ihn um 3.24 Uhr, offenbar nur wenige Minuten nach seinem Suizidversuch, entdeckt, der stümperhaft ausgeführt worden war, sodass der sofort herbeigerufene Arzt den Bewusstlosen wieder zu sich bringen konnte. Nach ersten Untersuchungen hat er durch den Sauerstoffmangel aber keine Gehirnschäden davongetragen.

Der Häftling liegt auf der Krankenstation der JVA und wird dort rund um die Uhr bewacht. Man hat einen Psychologen zugezogen, aber auch diesem gegenüber schweigt Bernd Müller. Der zuständige Arzt hat für die nächsten Tage verboten, Müller zu verhören. Bitte warten Sie, bis der Arzt wieder grünes Licht gibt.

»Verdammt, verdammt, verdammt«, murmelte Fuchs und in diesem Augenblick klingelte das Telefon. Dr. Watzek wollte ihn sprechen.

Jetzt hält mir der auch noch eine Gardinenpredigt. Dabei bin ich wirklich vorsichtig mit dem Typ umgegangen. Nichts bleibt mir erspart.

Im Hinaufgehen zur Chefetage fiel ihm ein, dass Marianne heute aus der Klinik entlassen wurde.

Und meine Nerven liegen blank. Ich muss mich verdammt zusammennehmen, hier in dem Scheißladen und daheim.

In einer Mischung aus Wut, Trotz und Bangigkeit öffnete er die Tür zu Watzeks Büro. Als er seinen Chef – in eine dicke Zigarrenwolke gehüllt – in seinem Sessel sitzen sah, schrillten bei Fuchs alle Alarmglocken. Er atmete tief durch und machte sich auf eine harte Auseinandersetzung gefasst.

Wieder in seinem Büro, berichtete der Hauptkommissar von seinem Gespräch mit Watzek.

»Zum ersten Mal hab ich beim Obersten so etwas wie Solidarität erfahren. Und Verständnis. Er schiebt kein Fünkchen Schuld auf mich. Es sei allein der Druck der Schuld und die Ausweglosigkeit seiner Lage, die auf dem Häftling lasten, sagt Watzek, die zu dieser Verzweiflungstat geführt haben.

Diese Einstellung hilft uns, Torsten, *von oben* unbelastet weiter zu ermitteln und den mutmaßlichen Mörder Vera Seegers zu verhören. Wir müssen nur das Ergebnis der Fingerabdrücke und der DNA-Analysen abwarten. Man hat ja im Januar auch schon Haare am Tatort Seeger-Villa gefunden, die werden jetzt mit denen aus dem Hotel zum Hirschen verglichen.«

Auch Torsten war erleichtert.

»Heute Abend ist Marianne schon zu Hause. Jetzt kann ich ihr gelassener gegenübertreten, als ich es noch vor einer halben Stunde für möglich gehalten hätte«, sagte Fuchs, bevor er einen großen Schluck aus seiner Kaffeetasse nahm, die Torsten in seiner Abwesenheit vom Automaten geholt hatte.

Auf dem Heimweg hielt Fuchs vor einem Blumengeschäft und suchte sieben langstielige dunkelrote Rosen und ein Sternenmeer aus Schleierkraut aus. In der Pizzeria in der Nähe seiner Wohnung hatte er die Lieblingspizza Mariannes bestellt, mit Thunfisch, Tomaten und Käse, und für sich eine Riesenpizza a la casa und einen großen italienischen Salat für beide. Bepackt mit seinen Einkäufen sperrte er die Wohnungstür auf. Marianne kam ihm entgegen und Ewald stellte die Pizzatüte auf den Boden, riss das Papier vom Rosenstrauß und überreichte ihn Marianne, die ihm um den Hals fiel.

»Willst du mich heiraten?«

Es musste sofort raus! An sein Ohr drang ein leises »Ja« und dann spürte er, wie seine Wange von den Tränen Mariannes feucht wurde.

Als der Hauptkommissar am selben Abend die Tageszeitung aufschlug, erregte ein grauenhaftes Foto von einem Autowrack seine Aufmerksamkeit.

Tödlicher Unfall im Reichswald

Gestern Abend gegen 21 Uhr fuhr ein dunkelblauer VW-Golf mit hoher Geschwindigkeit, von Nürnberg kommend, nach Weiherhaus. Wenige Hundert Meter vor dem Ortsschild kam der Wagen in einer Kurve ins Schleudern, prallte gegen mehrere Bäume und erlitt Totalschaden. Drei der vier Insassen konnten nur tot aus dem Wrack geborgen werden. Der Fahrer des Wagens wurde mit schweren Verletzungen ins Klinikum gebracht. Die Polizei hat Ermittlungen aufgenommen.

Wenige Tage später traf Hauptkommissar Fuchs vor dem Präsidium einen Kollegen von der Verkehrspolizei, mit dem er mehrere Fortbildungen besucht hatte.

»Weißt du Näheres über den schrecklichen Unfall im Reichswald, Norbert?«

»Zufällig hatte ich Dienst. Der Vierte ist gestern in der Klinik gestorben. Bis auf ihn war keiner der Insassen angeschnallt. Wir sind noch bei den Ermittlungen des Unfallhergangs. Aber, stell' dir vor, die Namen der Toten haben wir alle in unserem Sündenregister.«

»Kenn ich die?«

»Ich denk' schon, dass du drei von den vieren kennst. Den Abstauber-Harald, den Banker-Manfred und den Mallorca-Schorsch. Der Vierte ist ein Russe und erst seit drei Jahren in Nürnberg, in der Szene als Wodka-Pjotr bekannt.«

»Habt ihr schon die Wohnungen durchsucht?«

»Ja, deswegen bin ich ja auf dem Weg zu dir, Ewald. Die Kerle haben alle in einer Wohnung gehaust. Und dort haben wir einiges gefunden, was für dich interessant sein könnte.«

»Dann lass' uns in mein Büro gehen.«

Der Kollege breitete seine Schätze auf dem Schreibtisch aus. Eine genaue Karte vom südlichen Reichswald, in den eine Hütte eingezeichnet war – an der Stelle, an der Marianne gefangen gehalten worden war. Einen Bauplan von der Hütte, offensichtlich nicht von einem Profi entworfen. Und eine Rechnung über eine Lieferung 1-Quadratmeter Metallplatten. Fuchs pfiff leise durch die Zähne.

»Donnerwetter! Das war's dann wohl mit Mariannes Entführungsfall. Wahrscheinlich waren zwei von denen auch an meiner Entführung beteiligt. Aber man kann sie ja nicht mehr fragen. Nur der Fälscher-Ede geht uns immer wieder durch die Lappen! So was Dummes!«

»Wir können jetzt einen Termin für das zweite Verhör von Axel Hofer alias Miller alias Müller festlegen, Torsten, der Arzt hat die Erlaubnis gegeben. Wie ich hörte, ist der Häftling jetzt in einer Zweierzelle untergebracht worden, da ist die Selbstmordgefahr durch die Anwesenheit des zweiten Häftlings nahezu Null. Die Fingerabdrücke, die die Spurensicherung von Bernd Müller genommen hat, stimmen mit denen von Benny Miller und Axel Hofer überein. Ab jetzt können wir den U-Häftling guten Gewissens mit seinem richtigen Namen *Axel Hofer* ansprechen. Die beiden anderen Pässe haben sich als Fälschungen, wenn auch sehr gute, erwiesen. Die Haaranalyse von Bernd Müller aus dem Hotelzimmer von Vilseck stimmt mit der überein, die wir am Tatort gefunden haben. Und die Nummern der Geldscheine, die in seinem Geheimfach im Trolley waren, stimmen mit den registrierten überein. Uns fehlen aber noch eine Menge Hintergrundinformationen, die sehr wichtig sind. Und ein Geständnis.«

Handelte Hofer im Auftrag von Martin Seeger? Welches Motiv hatte er? Wie und warum ist er zu dem Geld gekommen? War es ein geplanter Mord oder impulsives Handeln? Was spielte sich am Tatort ab? Schweigt er weiter, sieht es für ihn schlecht aus. Hatte er einen Komplizen? Vera Seeger wurde von hinten angeschossen. Da stürzt sich der Richter auf Heimtücke. Und warum hat Vera Seeger LSD in Tee und Kuchen gemischt? Ich rate dem Hofer, dass er seinen Mund aufmacht, mehr kann ich nicht tun.«

»Manchmal geschehen ja Wunder, Chef«, versuchte Torsten, seinen Chef aufzubauen.

Ein Phantom bricht sein Schweigen

Beim zweiten Verhör waren Fuchs, Ritter, beiden Vollzugsbeamten und auch ein Psychologe anwesend. Dr. Weinheber lächelte milde und blickte vertrauenheischend über seine Goldrandbrille zu dem Häftling hinüber, der sein Patient war, aber ihm gegenüber noch kein Wort geäußert hatte. Bernd Müller alias Axel Hofer schien sehr nervös zu sein, knetete ständig seine Hände, strich dann über sein Haar, zog ein Taschentuch aus seiner Hosentasche und trocknete seine Handinnenflächen. Fuchs nahm die Nervosität seines Gegenübers als positives Zeichen wahr.

»Wir sind heute hier«, begann Fuchs das Gespräch, »um Ihnen die neuesten Ergebnisse mitzuteilen, Ihnen Gelegenheit zur Stellungnahme zu geben und verschiedene Fragen zu klären.«

Die Augen des Häftlings blickten starr geradeaus.

»Ihre Fingerabdrücke stimmen mit denen überein, die wir von Axel Hofer und Benny Miller haben. Da die beiden Pässe auf die Namen Benny Miller und Bernd Müller Fälschungen sind, ist es sonnenklar, dass jetzt Axel Hofer vor uns sitzt, der Anfang der Siebzigerjahre schon einige Jahre wegen Drogenhandels hier einsaß. Auch damals wurden ja Fingerabdrücke von Ihnen genommen.«

Hofers Augen begannen zu flackern, er hatte äußerst konzentriert zugehört, jetzt begann er wieder, seine Hände zu kneten.

»Die Haaranalyse des Materials aus dem Vilsecker Hotel zum Hirschen stimmt mit der überein, die wir am Tatort in Nürnberg gefunden haben. Ihre Fingerabdrücke waren unter anderem an der Teetasse, in die LSD gemischt war. Erste Frage: Hat Ihnen Martin Seeger den Auftrag erteilt, seine Frau Vera zu töten?«

Hofer öffnete seinen Mund, schloss ihn wieder, und blickte hilflos um sich. Fuchs hatte ihn vorher über seine Rechte belehrt, jetzt zog er sein Ass aus dem Ärmel.

»Ich muss Sie darauf aufmerksam machen, Herr Hofer, dass, auch wenn Sie weiterhin schweigen, unser Beweismaterial für eine Anklage ausreicht. Sie können durch Ihre Aussagen nur gewinnen, denn mit Ihren Informationen haben Sie es möglicherweise selbst in der Hand, das Strafmaß bis zu einem gewissen Grad zu reduzieren. Es kommt ja immer auf die Hintergründe, Motive und Umstände einer Tat an!«

»Ich möchte darum bitten, mit Ihnen allein sprechen zu dürfen, Herr Kommissar«, sagte der Häftling mit leiser, belegter Stimme.

Fuchs überlegte, er musste es auf seine Kappe nehmen, das Band lief ja mit, sodass auch der Psychologe nachher die Aussagen Hofers anhören konnte.

»Gut, Hofer, ich werde die Herren bitten, im Nebenzimmer zu warten. Wenn ich diesen Knopf drücke, sind die Herren in zwei Sekunden wieder im Zimmer. Aber ich möchte Ihren Wunsch respektieren.«

Nach einigen Sätzen im Flüsterton mit den Vollzugsbeamten, mit Torsten und dem Psychologen, der den Wunsch seines Patienten als persönliche Niederlage empfand, verließen die Herren das Zimmer.

Einige Sekunden lang schwieg Hofer noch, dann richtete er seine dunklen Augen auf den Hauptkommissar.

»Martin Seeger hat nichts mit dem Mord zu tun. Wie Sie aus den Akten wissen, bin ich Übersetzer und wurde im Januar zu einem internationalen Kongress nach Nürnberg eingeladen. Als ich am Flughafen ankam, kaufte ich eine Zeitung und las sie im Taxi auf dem Weg zum Grand Hotel. Und da stieß ich auf den Artikel: *Seeger – Leiter eines Forschungsteams in Berlin?* – mit einem Bild von Martin und Vera Seeger. Damit Sie mein Motiv verstehen, weshalb ich dann so heftig reagierte, muss ich kurz meine Studentenzeit einblenden.

Ich war damals mit Vera und Martin befreundet, Vera war damals meine feste Freundin. Ilona, die Freundin von Martin, war die vierte im Bunde. Sie wissen aus den Akten, dass ich wegen Drogenhandels eingelocht wurde. Vera und Martin konnten damals fliehen, Ilona wurde erschossen. Im Prozess ging es darum, zu beweisen oder zu dementieren, ob ich im großen Stil Stoff verkauft hatte. Irgendjemand hat mir eine Menge Stoff in mein Zimmer geschmuggelt, sodass es für die Polizei ganz nach einem Megadeal aussah. Vera und Martin hätten mich durch ihre Aussagen entlasten können, ohne sich selbst zu belasten, das haben sie aber nicht getan und sind untergetaucht. Unbehelligt konnten sie ihr Studium beenden und sich eine Karriere aufbauen.

Als ich im Gefängnis war, hat Martin mir mein Mädchen, meine Vera, weggenommen. Können Sie sich vorstellen, was in mir vorging, als ich den Artikel im Taxi las?«

Fuchs nickte.

»Haben Sie dann einen Plan gefasst, Herr Hofer?«

»Meine Wut steigerte sich immer mehr. Die Vergangenheit war plötzlich wieder so nah wie der gestrige Tag. Nachts im Hotel, als ich nicht einschlafen konnte, kam mir die Idee mit der Erpressung. Die Feiglinge sind ungeschoren davongekommen und *ich* musste vier Jahre in den Knast!«

»Moment, mir fehlt da ein Puzzleteil. Sie sind ja ein halbes Jahr nach der Entlassung aus dem Gefängnis untergetaucht.«

Der Häftling fuhr sich über die Stirn, als wolle er dunkle Schatten vertreiben.

»Mein Vater hat sich nach meiner Entlassung geweigert, mir eine Ausbildung zu finanzieren, Arbeit hab' ich einfach nicht gefunden. Da fiel mir mein Zellengenosse Ede Stummer ein, der hat mir den amerikanischen Pass auf den Namen *Benny Miller* verschafft.«

Hofer biss sich auf die Lippen.

»Zurück zu Ihrem Plan mit der Erpressung. Wie sind Sie vorgegangen?«

»Ich hab' bei Seeger angerufen, Martin war verreist. Und habe mich mit Vera am 25. Januar im Cafe Beer verabredet. Nachmittags um 15 Uhr. Ich sagte, ich sei gerade in Nürnberg und wir könnten uns nach der langen Zeit doch wieder mal treffen. Wir haben zunächst über Belangloses geplaudert, bis ich sagte: ›Ihr seid ungeschoren davongekommen, du, Vera und dein Martin! Und ich musste so lange im Knast hocken, weil ihr mich nicht durch eure Aussagen entlastet habt. Dafür möchte ich jetzt meine rechtmäßige Entschädigung!‹«

Fuchs saß kerzengerade und war so angespannt, dass er sogar vergaß, an seinem Schnurrbart zu kauen.

»Und, wie hat sie darauf reagiert?«

»Sie suchte zuerst Ausflüchte. Ein Betrag von Hunderttausend ist ja kein Pappenstiel, aber ich wusste, dass die Seegers über ein großes finanzielles Polster verfügen. Vera hatte mir vorher erzählt, dass ihre Eltern bereits verstorben sind und da konnte ich mir an den fünf Fingern abzählen, dass das Erbe des Juweliers Eigner, der eines der ersten und besten Häuser in München führte, recht üppig gewesen sein musste.«

Hofer lächelte dünn.

»Ich sagte: Wenn ich das Geld nicht kriege, gehe ich an die Öffentlichkeit und wärme alte Geschichten auf. Die ultralinke Vergangenheit von Martin und die Drogengeschichte, das wären fette Bissen für die Presse. Martin hat ja auch gedealt und war abhängig. Dann hätte er sich die Karriere in Berlin an den Hut stecken können.«

Fuchs malte mit dem Finger Kreise auf den Tisch und fragte dann: »Und, wie hat sie reagiert?«

»Sie hat sich ein paar Minuten Bedenkzeit ausgebeten und ist in den Waschraum gegangen. Sie wollte sich etwas frisch machen. Ich glaube, Sie hat mit ihrer Bank telefoniert. Als sie zurückkam, frisch geschminkt und scheinbar gelassen, sagte sie: ›Gut, komm in drei Tagen um 17 Uhr zu mir. Martin ist dann noch in Berlin. Ich lade dich zu einer Tasse Tee ein. Du bekommst deine Entschädigung.‹«

»Erstaunliche Frau«, entfuhr es Fuchs. »Sie muss eine außergewöhnlich disziplinierte Person gewesen sein.«

Der Häftling nickte versonnen.

»Und wie war der Ablauf des Abends, an dem Vera Seeger sterben musste?«

Hofer schien sich gewaltsam von seinen Erinnerungen losreißen zu müssen, denn er gab sich einen Ruck, bevor er antwortete.

»Vera hatte Tee und Kuchen vorbereitet. Meinen Tee hatte sie bereits in der Kanne gesüßt, ich weiß jetzt auch, warum. Er war mit LSD vermischt.

»Wir haben auch im Kuchen Spuren von LSD gefunden«, fügte Fuchs hinzu.

»Bald darauf wurde mir schwindlig, später brach mir der Schweiß aus, meine Hände zitterten und dann begann mein Herz ganz schnell zu schlagen. Ich schob das Ganze auf den Jetlag und die anstrengenden Tage des Kongresses. Jetzt weiß ich auch, warum Sie mich so genau beobachtete. Immer noch sehe ich ihre Augen vor mir, die mich unentwegt anstarrten. Sie wartete darauf, ihren Trumph auszuspielen. Ich sagte, dass ich jetzt gehen wolle und sie holte aus dem Nebenzimmer einen großen Umschlag mit dem Geld. Dann sagte sie: ›Du wirst dieses Haus nicht lebend verlassen!‹ Ihre Augen verengten sich zu Schlitzen, ihr Mund war nur noch ein schmaler Strich, sie sah furchterregend aus. Ich geriet in Panik, hatte keine Ahnung, was sie mit mir vor hatte. Vielleicht hatte sie einen Killer engagiert. Wie in einem Reflex zog ich meinen Revolver. Ich bin mit dem Vorsatz, mein Geld zu kassieren und dann abzuhauen, in ihr Haus gekommen. Von einer Sekunde auf die andere war die Situation eskaliert. Es war wie ein Reflex in Todesangst, als ich meinen Revolver …«

»Moment«, unterbrach ihn Fuchs, »warum hatten sie überhaupt einen Revolver dabei?«

»Ich trage immer einen Revolver bei mir. Dazu gibt es eine Vorgeschichte. Als ich nach Amerika ging, bin ich gleich nach zwei Monaten von einer Gang in Chicago überfallen, zusammengeschlagen und ausgeraubt worden. Meine Verletzungen waren damals so schwer, dass ich sechs Wochen lang im Krankenhaus behandelt werden musste. Mein Gespartes ging

147

drauf und ich musste auch noch Schulden machen, um die Rechnungen zu bezahlen. Damals hab ich mir geschworen, dass ich nie mehr ohne Revolver aus dem Haus gehe. Auf meine Flugreise nach Deutschland konnte ich die Waffe natürlich nicht mitnehmen, aber ich habe am Abend meiner Ankunft Ede Stummer besucht und der hat mir seine geliehen und später auch sein Auto, in dem ich bewusstlos gefunden wurde.«

»Übrigens, die Munition, die wir am Tatort gefunden haben, stimmt mit der in Ihrem Trolley überein.«

»Wenn Sie die Hintergründe meiner Idee mit der Erpressung verstehen wollen, müsste ich Ihnen einiges aus meiner schwierigen Zeit in Amerika erzählen. Aber ich weiß nicht, ob es Sie überhaupt interessiert.«

»Selbstverständlich. Jedes Motiv ist von Bedeutung.«

»Nach meiner Zeit als Küchenhilfe habe ich mich an einem College in Los Angeles eingeschrieben. Aber ich bin nicht mehr der, der ich einmal vor meiner Zeit im Knast gewesen war. Das merkte ich zum ersten Mal, als ich mein erstes Referat am College halten sollte. In meiner Erlanger Studienzeit hatte ich bei unseren Meetings die Kommilitonen mit meinen Reden begeistern können. Und jetzt … am College … fing ich an zu stottern, wurde rot, verlor den Faden und brachte schließlich kein Wort mehr heraus. Ich schämte mich so sehr vor meinen Mitstudenten, dass ich von dem Tag an das College nie mehr betreten habe.«

»Was haben Sie dann gemacht?«

»Bei einer Familie mit fünf Kindern war ich Babysitter. Dann Fahrer eines Lieferwagens einer großen Wäscherei. Nach drei Monaten flog ich raus. Hatte einen Unfall gebaut. Eine junge Frau war vor meinem Lieferwagen über die Straße gegangen. Sie glich bis aufs Haar meiner Vera! Vor Schreck habe ich das Steuer verrissen.«

Hofer fing an zu zittern.

Fuchs war sich bewusst, dass er bei diesem Verhör ungewöhnliche Wege ging, aber da Hofer gegenüber dem Psychologen beharrlich geschwiegen hatte, versuchte der Kommissar, sich auch in diesem Bereich Klarheit über Motive und Hintergründe zu verschaffen. Vielleicht halfen diese Angaben Hofer im Prozess.

»Dann war ich ein halbes Jahr auf der Straße. Als ich mit hohem Fieber auf einer Parkbank lag, fanden mich Mitglieder der Quäker und haben mich zu sich genommen. Sie pflegten mich gesund und verschafften mir Arbeit und Wohnung in ihrer Gemeinschaft.«

»Trotz allem hatten Sie doch ein wenig Glück.«

»Ja. Irgendwann konnte ich es bei den Quäkern nicht mehr aushalten. Sie waren gut zu mir, aber es war doch eine sehr fremde Welt für mich. Dann fand ich eine Anstellung als Hilfskraft in einer Bibliothek, bei der ich wöchentlich Bücher ausgeliehen hatte und ab und zu mit einem Bibliothekar ins Gespräch gekommen war. Dieser Mann hat mich seinem Chef als neue Hilfskraft vorgeschlagen.«

»Dort waren Sie ja an der richtigen Stelle.«

»Ja. Und dann kam der Zufall ins Spiel. Auf einer Zugfahrt kam ich mit einem Herrn ins Gespräch über Literatur, der sehr bald merkte, dass ich deutsche Wurzeln hatte. Auf seine Frage, woher meine Vorfahren stammten, sagte ich: ›Aus Nürnberg.‹ Da war er ganz aus dem Häuschen, weil auch seine Urgroßeltern aus Nürnberg stammten. Am Ende unseres Gesprächs bot er mir eine Stelle als Übersetzer in seinem Verlag an, zunächst probeweise, aber ich arbeite heute noch dort … das heißt, ich habe dort gearbeitet, bis ich im Januar nach Nürnberg kam«, fügte Hofer mit bitterem Unterton hinzu.

In diesem Moment fiel ein Bündel Sonnenstrahlen auf die Tischplatte und erhellte den Raum. Fuchs hatte den Eindruck, dass Hofer schon sehr erschöpft war und fragte, ob er eine Pause brauche. Der schüttelte den Kopf.

»Ich will alles sagen.«

Und der Hauptkommissar verstand, dass der Häftling seine Beichte, denn als solche konnte man sein ausführliches Geständnis werten, zu Ende bringen wollte. Erstens würden sich seine Aussagen strafmildernd auswirken und zweitens wollte er sich wohl auch den ungeheuren Druck von der Seele reden. Schemenhaft ging es Fuchs durch den Kopf, dass man vielleicht in Richtung Notwehr etwas drehen könnte, war sich aber nicht sicher. Denn natürlich fühlte sich Hofer durch die Attacke Vera Seegers erheblich bedroht. Dem Hauptkommissar wurde klar, dass hier die Grenzen zwischen Täter und Opfer aufgeweicht und die Rollen austauschbar waren.

»Wie war der weitere Verlauf des Abends an jenem 28. Januar?«

»Vera sprang auf und wollte fliehen. Nachdem ich auf sie geschossen hatte, steckte ich den Umschlag mit dem Geld ein und torkelte zu meinem geliehenen Auto. Den Rest kennen Sie, Herr Hauptkommissar.«

»Warum sind Sie aus der Klinik verschwunden?«, hakte Fuchs nach.

»Als ich aus dem Koma erwachte, kam ein Arzt an mein Bett und teilte mir mit, dass die Menge LSD, die ich zu mir genommen hatte, ausgereicht

149

hätte, mich zu töten und dass ich großes Glück gehabt hatte, weil ich so schnell in ärztliche Behandlung gekommen war und ein zweites Mal vom Glück verwöhnt wurde, weil ich aus dem Koma aufgewacht bin. Der Doktor wollte wissen, ob ich das Zeug absichtlich eingenommen hatte, um aus dem Leben zu scheiden. Ich weiß noch ganz genau, was ich ihm – auf Englisch – geantwortet habe. ›That bad old witch. She tried to kill me.‹ Als der Arzt gegangen war, wurde mir klar, dass er jetzt die Kripo einschalten würde. Dem bin ich zuvorgekommen.«

Nun sank Hofer in sich zusammen, sein Kopf lag fast auf seiner Brust, die Schultern hingen nach vorn, sein Rücken war gekrümmt und seine Arme baumelten kraftlos an seinem Körper. Offensichtlich hatte er sich völlig verausgabt. »Noch eine allerletzte Frage, Herr Hofer. Warum haben Sie sich ausgerechnet in dieses kleine Städtchen Vilseck verkrochen?«

Müde richtete Hofer seine Augen auf den Hauptkommissar. »Im Mai sollte ein Truppentransport zurück in die Vereinigten Staaten gehen. Die Dienstzeit von 300 amerikanischen Soldaten ist dann abgelaufen. Man hätte mich mit rübergeschmuggelt. Bis dahin wollte ich untertauchen. Aber das alles war ja noch eine Idee. Sehen Sie, ich hätte doch mit keinem meiner drei Pässe legal nach Amerika zurückreisen können, wenn Sie mich über Interpol gesucht hätten.«

Jaja, der Hofer war sehr vorsichtig. Er musste damit rechnen, dass unsere Fahndung über Interpol auch an alle deutschen Flughäfen weitergeleitet wird. Mit seinem Foto, den beiden Namen Hofer und Miller und dem Hinweis, dass er auch einen Pass mit einem neuen Namen haben könnte.

Fuchs schaltete das Aufnahmegerät ab und schwieg. Was hätte er diesem Mann auch sagen sollen, der jetzt erneut etliche Jahre im Gefängnis vor sich hatte? Jede Floskel wäre ihm schal erschienen. Hofers Schicksal ließ Fuchs nicht unberührt. Und die Frage nach Schuld und Gerechtigkeit, die ihm bisher so einfach zu beantworten zu sein schien, beschäftigte ihn noch lange. Es war leichter, mit der Gewissheit zu leben, dass die Welt in Schwarz und Weiß, in Gut und Böse, in Schurken und brave Bürger eingeteilt war. Der Kommissar legte seine Hand auf die Schulter des Häftlings, einige Sekunden länger, als üblich, blickte ihm in die Augen und hoffte, dass Hofer dieses Zeichen verstand. Dann drückte er auf den Knopf.

Die beiden Vollzugsbeamten nahmen Hofer in die Mitte und verließen den Raum. Fuchs blickte ihm nach. Als Torsten hereinkam, bat er ihn: »Fahr mit dem Wagen zum Präsidium zurück. Und analysier' das Gespräch mit Hofer. Hier ist das Aufnahmegerät. Ich muss jetzt allein sein. Ich fahr' dann mit der U-Bahn nach Hause.

Der Prozess gegen Axel Hofer fand im September statt. Das Interesse der Bevölkerung und der Medien an diesem außergewöhnlichen Fall war sehr groß. Auch aus Amerika waren Journalisten angereist. Ein Boulevardblatt hatte eine nicht ganz abwegige Theorie aufgestellt: Wäre Axel Hofer am Tattag erst etwas später gefunden und nicht sofort in ärztliche Behandlung übergeben worden, gäbe es zwei Opfer, die gleichzeitig Täter waren.

Fuchs und Ritter waren beim Prozess anwesend. Der Angeklagte Axel Hofer wirkte gefasst, aber das geschulte Auge des Hauptkommissars bemerkte sofort, dass er unter Depressionen litt. Seine Stimme war fast ohne Modulation, die Bewegungen wirkten automatisch, waren sehr sparsam und als Fuchs einen Blick des Angeklagten auffing, sah er eine abgrundtiefe Melancholie in dessen Augen. Es hieß, dass Hofer in psychologischer Behandlung sei.

Die Medien werteten den Prozess als fair. Richter und Staatsanwalt berücksichtigten Hofers Todesangst und die daraus resultierende reflexartige Handlung. Der Gerichtspsychiater hielt es für durchaus möglich, dass der Angeklagte von dem Überfall in Chicago ein Trauma davongetragen hatte, das seine Reaktion in jener Konfliktsituation stark beeinflusst hatte.

Die Strategie der Verteidigung war geschickt und sachlich. Die bedrohliche Ausnahmesituation, in der sich sein Mandant an jenem Abend befunden hatte, noch zusätzlich beeinflusst von seiner traumatischen Erfahrung und der verminderten Reaktions- und Urteilsfähigkeit durch den vergifteten Tee, schilderte der Anwalt so, dass zwingend daraus hervorging, dass Hofers Verhalten in gewisser Weise nachvollziehbar war.

Der Tatbestand der Erpressung und die Sache mit den gefälschten Pässen konnte allerdings nicht mit Bonuspunkten aufwarten. Ob die Entführung von Marianne Steiger und Ewald Fuchs auf Hofers Initiative hin erfolgt war, konnte man nicht nachweisen. Es lag im Bereich des Möglichen, dass Stummer die Sache aus eigenem Antrieb ins Rollen gebracht, die Schmutzarbeit aber einigen Kollegen überlassen hatte. Denn die Entführer hatten Fuchs erpresst, die Totschlagsgeschichte, in die Ede Stummer vor Jahren verwickelt gewesen war, nicht neu aufzurollen und seine Ermittlungen im Fall *Vera Seeger* einzustellen.

Axel Hofer wurde zu sieben Jahren und acht Monaten Gefängnis verurteilt. Auf dem Gang traf der Hauptkommissar die Schwester Hofers. Tamina Piontek versicherte ihm, dass sie ihren Bruder ein Mal im Monat im Gefängnis besuchen und ihm wöchentlich schreiben werde. »Er hat ja niemanden außer mir.«

Fuchs suchte in seiner Brusttasche nach seinem Feuerzeug und der Zigarettenpackung, da fiel ihm ein, dass er sich das Rauchen abgewöhnt hatte.